在春天永恒、永恒春天的地方，

斜坡倾斜，灌木温存，没有黑色诽谤，

阿波罗，虚构的诗人之神，

会给我颁发一个奖项！

俄 语 诗 人 丛 书

亚历山大·谢苗诺维奇·库什涅尔,俄罗斯当代诗人,1936年生于列宁格勒,自20世纪五六十年代开始诗歌创作,现已出版诗集和文集五十余部。库什涅尔曾创办彼得堡著名诗人团体"力托",并长期担任"诗人丛书"主编,布罗茨基称赞他为"20世纪最优秀的抒情诗人之一"。库什涅尔先后获得众多国内外诗歌和文学奖项,包括俄罗斯国家奖、《新世界》杂志奖、普希金奖、诗人奖、年度最佳图书奖、第四届金藏羚羊国际诗歌奖等。代表诗集有《第一印象》(1962)、《夜巡》(1966)、《书信》(1974)、《声音》(1978)、《白天的梦》(1986)、《记忆》(1989)、《夜间的音乐》(1991)、《雪中的阿波罗》(1991)、《四十年诗选》(2000)、《浪与石:诗与散文》(2003)、《傍晚的光》(2013)、《古希腊罗马主题》(2014)。

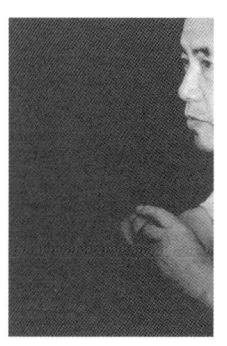

　　刘文飞，首都师范大学教授、博导，北京斯拉夫研究中心首席专家，俄罗斯普希金之家北京分部主任，中国俄罗斯东欧中亚学会副会长，国家社科基金评委，鲁迅文学奖评委，《世界文学》《外国文学》《译林》《俄罗斯文艺》《外文研究》等杂志编委，美国耶鲁大学富布赖特学者，译有普希金、陀思妥耶夫斯基、列夫·托尔斯泰、布罗茨基、佩列文等人的作品，是俄罗斯利哈乔夫院士奖、"阅读俄罗斯"翻译大奖、"莱蒙托夫奖"、俄联邦友谊勋章获得者，入选中俄人文交流十大杰出人物。

AD VERBUM

本书由俄罗斯翻译研究院资助出版

Выпуск осуществлен при финансовой поддержке Института перевода (Россия)

本书由北京斯拉夫研究中心资助出版

Выпуск осуществлен при финансовой поддержке Пекинского центра славистики

商务印书馆(成都)有限责任公司出品

Стихотворения Кушнера

库什涅尔的诗

〔俄〕库什涅尔 著

刘文飞 译

俄语诗人丛书总序

俄语诗歌的历史不算太长，仅千年左右，却产生出一大批天才诗人，在全球诗歌版图中占据一个显要位置，是世界文学中最重要的语种诗歌之一。俄语诗歌自20世纪初被译入中国，与汉语新诗的兴起几乎同步，在中国有着广泛深入的影响。

在中国百余年的俄语文学译介史中，诗歌一直是最重要的译介对象之一，普希金、莱蒙托夫等大诗人的诗作不仅早已有中译，甚或已出全集，各种俄语诗歌汉译选本也层出不穷，但相对而言，我们对俄语诗歌的介绍仍显不够系统，至今尚无一种让最杰出的俄语诗人以团体阵容出现的译诗丛书。为此，北京斯拉夫研究中心与商务印书馆携手合作，推出这套"俄语诗人丛书"。

俄语诗歌人才辈出，但真正的世界顶级诗人大约也不过十数位；俄语大诗人大多遗产丰厚，但真正的传世之作大约也不过数十首。这套丛书拟在俄语诗歌史中选取十至十五位最杰出的诗人，从每位诗人的诗作中选取五十首，构成一本简练的诗歌译本，单本地看，可基本感知某一位诗人的创作个性和诗歌成就，总体地看，或可获得一幅关于俄语诗歌发展历史和风格特征的全景图。

本套丛书为俄汉双语版，这样一本诗集不仅有利于懂俄语的中国读者和懂汉语的俄国读者对比阅读，同时也有可能激发喜爱俄语诗歌的汉语读者由此开始学习俄语。世界诗歌阅读史上不乏此类先例，比如，布罗茨基为了更直接地阅读邓恩、奥登和弗罗斯特，曾刻苦自修英语，后来为了阅读米沃什的原诗，又熟练地掌握了波兰语。

诗歌翻译一直是一个容易引起争议、往往出力不讨好的事情，而且，中国的俄语诗歌翻译传统悠久，涌现出众多杰出的译诗家，在这样的背景下推出这套丛书，译者深感压力如山。译者努力实践的翻译原则不外两点：一是忠于原文，在理解上尽量少犯错误；二是译得像诗，像汉语诗，同时尽量保持原诗的风格，让古典诗保留古典性，让现代诗体现出现代性。但是，至于在具体的翻译过程中究竟做得如何，一如这套丛书的入选诗人、每位诗人的入选诗作是否恰当，译者的内心仍诚惶诚恐，惟愿有经验的同行和每一位读者给予批评和指教。

2018年夏于京

目 录
СОДЕРЖАНИЕ

i　译者序 / Предисловие переводчика

xiii　致中国读者 / К китайскому читателю

003　当我深深地悲伤 / Когда я очень затоскую

005　长颈玻璃瓶 / Графин

009　花瓶 / Ваза

013　两种低语，像是嘟囔 / Два лепета, быть может бормотанья...

017　夜间的逃亡 / Ночное бегство

021　闭上眼睛，我看见 / Закрою глаза и увижу...

025　一颗星在树冠上方燃烧 / Звезда над кронами дерев...

027　老人 / Старик

031　圣巴托罗缪之夜 / Варфоломеевская ночь

037　桌布，欢乐，幸福！ / Скатерть, радость, благодать!..

- 039 不做被爱的人！/ Быть нелюбимым!...
- 043 我们称作灵魂的东西 / То, что мы зовем душой...
- 047 过完他人的一生 / Жизнь чужую прожив до конца...
- 051 仿佛有两种黑暗 / Казалось бы, две тьмы...
- 055 旋涡一般的梵高 / Зачем Ван Гог вихреобразный...
- 059 夏日离去 / Уходит лето...
- 063 人善于习惯 / Человек привыкает...
- 067 有人哭了整夜 / Кто-то плачет всю ночь...
- 071 我看着窗外夜空的云 / Я к ночным облакам за окном присмотрюсь...
- 073 灌木 / Куст
- 075 婴儿离虚无最近 / Ребенок ближе всех к небытию...
- 079 九月抡起宽大的扫帚 / Сентябрь выметает широкой метлой...
- 083 雪中的阿波罗 / Аполлон в снегу
- 089 人们不选择时间 / Времена не выбирают...
- 093 清晨的穿堂风鼓动窗帘 / Сквозняки по утрам в занавесках и шторах...
- 097 我觉得一生已经过去 / Мне кажется, что жизнь прошла...
- 101 夜蝴蝶 / Ночная бабочка

103	不朽，就是在餐桌旁谈起某人 /	Бессмертие — это когда за столом разговор...
107	抱歉，神奇的巴比伦 /	Прости, волшебный Вавилон...
111	他被建议选择死亡 /	На выбор смерть ему предложена была...
115	下一次我想生活在俄罗斯 /	И в следующий раз я жить хочу в России...
119	如果你睡着清洁的床单 /	И если спишь на чистой простыне...
123	我第一天就想知道幼小的你 /	И хотел бы я маленькой знать тебя с первого дня...
127	圆眼睛的丁香投下至美的暗影 /	Эта тень так прекрасна сама по себе под кустом...
131	我用水流冲洗盘子 /	Тарелку мыл под быстрою струей...
135	生命的意义就在于生命 /	Смысл жизни — в жизни, в ней самой...
137	见到从未见到的东西 /	Увидеть то, чего не видел никогда...
141	我们时常感觉不到诗句 /	Не так ли мы стихов не чувствуем порой...
143	我很开心：你在试裙子 /	Мне весело: ты платье примеряешь...

147 在春天永恒、永恒春天的地方 / Там, где весна, весна, всегда весна, где склон...

151 悼布罗茨基 / Памяти И. Бродского

155 我是否信仰上帝 / Верю я в Бога или не верю в бога...

159 风儿飞快地翻阅 / Так быстро ветер перелистывает...

163 今天我们神奇地宽慰 / Сегодня странно мы утешены...

167 猎狗最先认出奥德修斯 / Первым узнал Одиссея охотничий пёс...

169 我点亮露台的灯 / Я свет на веранде зажгу...

173 没有死亡，诗就会死去 / Когда б не смерть, то умерли б стихи...

177 我喜爱韵脚的专制 / Я люблю тиранию рифмы — она добиться...

179 我不遗憾我曾生活在苏维埃时代 / Не жалею о том, что я жил при советской власти...

183 花园 / Сад

译者序

2015年，俄国诗人库什涅尔来中国参加青海湖国际诗歌节，我去首都机场接他。见面时，我用俄语问候他，他露出歉疚的微笑，指着自己的耳朵，说听不清。我大声地重复一遍我的问候，他依然面带微笑，再次指了指他的耳朵。这时，他的夫人叶莲娜（Елена Невзглядова）走到我们近前，把我的问候重复一遍，库什涅尔立即做出了回应。奇怪的是，叶莲娜说话的声音并不比我大。在随后与吉狄马加、欧阳江河、西川等中国诗人的聚会上，谜底被揭开。几位中国诗人像我一样，对库什涅尔的选择性听力表示诧异，库什涅尔对此解释道："狗的听觉与人不一样，能听到人听不到的频率，我就像一条狗，只能听到我妻子声音中的某个频率波段。"大家闻之无不感觉神奇。从此，库什涅尔脸上歉疚的笑容，以及他对外界声响的选择性听力，便成为他留给我的两个最深刻印象。后来，在翻译他诗歌的过程中我又逐渐意识到，这两个印象反过来似乎又构成了关于他诗歌的两个隐喻：面对并不新奇、甚至充满灾变的生活现实，他总是面带拒绝的微笑；置身充满噪声的时代喧嚣，他选择只倾听最亲密、最温柔的声音。他的诗歌，因此成为一种温暖的存在主义情感记录。

亚历山大·库什涅尔（Александр Семёнович Кушнер）1936年生于列宁格勒，父亲是海军军官。1959年在列宁格勒赫尔岑师范学院语文系毕业后，他做过中学语文老师。20世纪五六十年代之交，库什涅尔开始诗歌创作，与布罗茨基等同属半地下的列宁格勒青年诗人创作群体。1962年，他出版第一部诗集《第一印象》（Первое впечатление），在之后长达50余年的诗歌创作生涯中，库什涅尔共出版50余部诗集和文集，其中包括《夜巡》（Ночной дозор, 1966）、《征兆》（Приметы, 1969）、《书信》（Письмо, 1974）、《声音》（Голос, 1978）、《塔夫里达花园》（Таврический сад, 1984）、《夜间的音乐》（Ночная музыка, 1991）、《雪中的阿波罗》（Аполлон в снегу, 1991）、《寒冷的五月》（Холодный май, 2005）、《人们不选择时间》（Времена не выбирают, 2007）和《古希腊罗马主题》（Античные мотивы, 2014）等。库什涅尔的诗已被译为十几种语言，诗人先后获得许多重要的诗歌和文学奖项，如俄罗斯国家奖（1995）、北方帕尔米拉奖（1995）、《新世界》杂志奖（1997）、普希金奖（2001）、皇村文学奖（2004）、诗人奖（2005）、年度最佳图书奖（诗歌类，2011）、波罗的海之星奖（2013）以及中国的青海湖国际诗歌节金藏羚羊奖（2015）等。他创办了彼得堡著名的诗人团体"力托"（ЛИТО），并辟有个人网站（http://kushner.poet-premium.ru）。库什涅尔现已被公认为俄国当今最重要的诗人之一，1992年起，他开始担任著名的"诗人丛书"（Библиотека поэта）主编。

库什涅尔是白银时代彼得堡诗歌传统的继承者，他出生在彼得堡（列宁格勒），一直在彼得堡生活和写作，他的诗也大多以彼得堡这座城市及其风物和居民为对象。在这座洋溢着古典主义精神的城市，他在寻觅普希金等黄金一代诗人遗落的和谐音符；与此同时，他也在新的时代语境继续着阿克梅诗派眷念文化、注重质感的诗歌追求。有人称库什涅尔的诗"是普希金诗群的诗学与阿克梅主义诗学这两者的融合"。在库什涅尔的诗中，俄国诗歌的黄金时代和白银时代仿佛实现了某种穿越时空的相遇和对接。从诗歌形式上看，库什涅尔的诗相当传统，多为严谨的俄语格律诗，因为他认为，只有三百年历史的俄语作诗法还很年轻，还保持着旺盛的生命力；但与此同时，散文化的句式，口语般的语气，以及断句移行、直接引语、括号和省略号等诗歌"新手法"的大量运用，又使他的诗歌具有很强的现代感。

库什涅尔的诗是"日常生活的诗"，他像一位不动声色的观察家、像一位静物写生画家那样看待身边的一切，包括他的城市、大街、花园和灌木，包括他的房间、露台、窗帘和睡梦。他钟情这一切，是因为，如他自己所说，"20世纪的俄国教导人们（以及诗人）珍惜最简单的东西，诸如暖气、床单、书架上的几本书、窗外的一棵树、与友人的电话交谈和女人的微笑，成千上万的人都有可能在任何时刻被剥夺所有这一切"。也就是说，现实的悲剧让诗人深切感受到了日常生活的可贵，活下去就是在对抗命运，以便在死去的时候能够归还未受污损、完好如初的"最好的灵魂"；从"生活的原料"中提取的诗歌，则"一直在残酷的世界中护卫着人"，诗歌在论证日常生活之美好的同时，也在重申人的个性化存在之必要与合理。把日常生活诗化，把悲剧体验审美化，库什涅尔的日常生活诗歌由此获得了某种形而上的意义。库什涅尔的诗是明亮的，是肯定生活的，他能在鸽子的点头中看到对生命的肯定，他能在台布的花边里感觉到生活的美好，只要有一张丁香花丛下的小桌，"人们不需把更多的幸福渴望"；然而，俄国女作家丽季娅·金兹堡曾说："库什涅尔描写幸福的诗篇，与大多数传统诗作不同：他的诗歌在倾诉幸福感的同时，也往往隐含着惊恐不安的因素。这些抒情作品既有对生活的肯定，又有潜在的悲剧性，这两种因素相互交织。"也正是在这一意义上，我们才能更好地理解库什涅尔的这样一句诗:"没有死亡,诗就会死去。"

库什涅尔经历过一个充满动荡的世纪,也邂逅了20世纪俄语文学中的乌托邦浪漫主义时代、文学的意识形态化时代乃至解构苏联的文化狂欢时代,但令人惊异的是,库什涅尔却自始至终保持着他平和而又从容的诗歌调性。他的善良和从容,他的冷静和安宁,都渗透在他诗歌的字里行间。他拒绝感伤和滥情,也拒绝随波逐流和察言观色。他善于用朴实的诗歌语言道出深刻的哲理思想,用具体的生活细节组合出关于命运的整体隐喻,用偶尔的温暖冲淡持久的绝望。库什涅尔是特立独行的,他身上流淌着彼得堡诗歌高傲的蓝色血统;与此同时,他又是极端谦逊的。浪漫主义时代诗人与民众的对峙,现实主义时代诗人的"公民"姿态,乃至现代和后现代时期诗人的嬉皮士派头,在库什涅尔这里均不见了踪影。

1986年,库什涅尔出版了一部大型诗选,俄国著名学者利哈乔夫院士为这部诗选撰写了题为《最短的路线》(Кратчайший путь)的长篇序言[1],他在文中这样归纳库什涅尔诗歌的主题:"库什涅尔的诗歌主题往往取自过去的生活、历史、他人的传记、书信和道别,而当他写到

---

[1] *Лихачев Д.С.* Кратчайший путь // *Кушнер А.* Стихотворения. Л.: Художественная литература, 1986.

自己，他所采用的形式却仿佛是隐藏自我生活的。这或为回忆，或为对未来的猜测，或为对已发生事情的思考，或为与现实生活的对话，最后，或为想象。"利哈乔夫认为库什涅尔的诗歌是真正意义上的知识分子诗歌："他不仅是一个知识渊博的人，他还善于感悟，善于再现，他的诗并不生长于荒野裸地，而是深深扎根于往昔的文化。库什涅尔能感觉到他与前辈诗人的联系。在他的诗中，能听到往日一些诗歌形象悠远的回声。"利哈乔夫还发现了库什涅尔诗中的一个特点，即"库什涅尔的诗中似乎完全没有抒情主人公"："他在诗中谈起他自己时，时而用单数第一人称，时而用复数第一人称，时而用第二人称，时而也用单数第三人称……这是一种以他人为名义的诗，也是写给他人的诗。"库什涅尔诗中抒情主人公的多人称性体现了诗人这样一个善良的愿望，即与读者合为一体，成为读者的双重人，甚至成为街头路人中的一员。

1997年，库什涅尔篇幅更大的一部诗选面世，库什涅尔的诗友布罗茨基此前发表在《文学报》上的一篇题为《灵魂的存在形式》（Форма существования души）[①]的文章被用作这部诗选的序言。布罗茨基在文章的开头

---

① *Бродский И. А.* Форма существования души // Литературная газета. 22 августа 1990 г.

就直截了当地写道："亚历山大·库什涅尔是20世纪最优秀的抒情诗人之一，他的名字应被列入每位母语为俄语的人心目中的杰出诗人行列。"布罗茨基还将库什涅尔的创作与阿克梅派的传统联系起来："库什涅尔的诗学无疑是'和谐诗派'诗学和阿克梅主义的结合。在如今这个被混乱的现代主义所严重污染的时代，对这些手段的选择不仅能证明其选择者的内心坚定，而且还首先表明了这些手段对于俄语诗歌而言的有机和自然，表明了这些手段的普遍性和生命力。我甚至要说，不是库什涅尔选择了这些手段，而是这些手段选择了库什涅尔，以便在浓缩的混沌中展示语言趋于明晰的能力，意识趋向清醒的能力，视觉趋向明辨的能力，听觉趋向精准的能力。"在布罗茨基看来，库什涅尔诗歌的独特性就表现为："库什涅尔的诗具有节制的音调，而绝无歇斯底里，绝无夸夸其谈的表白和神经兮兮的手势。在别人激动不已的地方他似乎无动于衷，在别人深感绝望的时刻他却面带嘲讽。库什涅尔的诗学，简言之，就是斯多葛主义的诗学，而且，这种斯多葛主义令人信服，我还想再补充一句，即它很有传染性，它并非理性选择的结果，而是呼吸之实质，或极为紧张的心理活动之后记。在诗歌中，心理活动的证据就是音调。更确切地说，一首诗的调性就是灵魂的运动之实质。库什涅尔每一首诗的运动机制和推力，正是那种迫使内容和形象体系服从自我的音调，这首先就是诗歌格律。这种机制，更确切地说，这种推力，并非蒸汽机，亦非火箭，而是内燃机，它或许是灵魂的存在形式之最为概括的定义，它能使这一机制具有永动机的性质。""诗歌就是灵魂的存在之实质，这灵魂在语言中寻找出口，在亚历山大·库什涅尔这里，灵魂找到了出口。"

利哈乔夫和布罗茨基这两位库什涅尔的彼得堡同乡，一位大学者，一位大诗人，分别从两个不同侧面论证了库什涅尔诗歌的独特风格和价值。如何在一个复杂的时代做一个简单的诗人，如何在一个庸俗的社会做一个纯粹的诗人，库什涅尔做出了一个榜样。传统和现代，生活和存在，欢乐和悲剧，个性和谦逊，这种种"对立的统一"在库什涅尔的诗中相互渗透，相互交织，既决定了库什涅尔诗歌的深度和品位，同时也彰显出了他的诗作在当下的价值和意义。

2021年4月21日

К КИТАЙСКОМУ ЧИТАТЕЛЮ

XX век в России прошел под знаком великих катастроф. Осознание трагического опыта и некоторые выводы, сделанные из него — вот то главное, что составляет, мне кажется, смысл моих стихов. Жалобы на жизнь, на ее бессмыслицу, так же как романтическое противопоставление поэта толпе представляются мне глубоко архаическими, малопродуктивными. Ты не доволен жизнью, предъявляешь претензии к мирозданию, мечтаешь «вернуть Творцу билет»? Нет ничего проще: миллионы убитых на войне и в лагерях с удовольствием поменялись бы с тобой судьбой, временем и местом. XX век в России научил человека (и поэта) дорожить простыми вещами: теплом парового отопления, постельным бельем, книгами на книжной полке, деревом за окном, разговором с другом по телефону, женской улыбкой — всё это в любую минуту могли отнять и отнимали у тысяч людей. Вопрос заключается не в том, есть ли смысл в жизни и стоит ли жить, а в том, как достойно прожить эту жизнь, реализовать, несмотря ни на что, свои способности. Одна из форм свободы, явленной человеку (и поэзии) в XX веке, — это интеллектуальное (и поэтическое) осмысление трагедии, преодоление ее, способность, как сказано в одном стихотворении, вернуть душу, «умирая, в лучшем виде».

Поэзии противопоказаны абстракции, поэзия предметна и конкретна, — в этом смысле для меня важен опыт моих поэтических учителей Пушкина, Анненского, Мандельштама, Пастернака, так же, как их сочувствие обычному человеку. Мне много лет — и при этом я не перестаю восхищаться и удивляться присутствию поэзии в самой жизни. Как будто кто-то позаботился о том, чтобы так заманчиво и ярко сверкали весенние облака, так пышно цвела сирень, так ритмично шумели морские волны, так много значила земная любовь.

Поэзия — не выдумка поэта: поэт извлекает ее из мирового хаоса, из сырого материала жизни, озвучивает и закрепляет ее в слове. Что касается формальных стихотворных задач, то я привержен русскому рифмованному, регулярному стиху, возможности которого (прежде всего, интонационные) далеко не исчерпаны, бесконечно разнообразны (новая русская поэзия молода, ей всего триста лет, она значительно моложе своих европейских сестер, тем более — китайской трехтысячелетней поэзии). И еще одно важное положение: считая поэтический эпос, эпические формы, в том числе поэму с ее повествовательной интонацией и заранее обдуманным сюжетом — устаревшим жанром, вытесненным прозой Толстого, Достоевского, Чехова и т.д., я сосредоточил внимание на книге стихов как новом и самом продуктивном жанре лирической поэзии. Книга стихов, в обход эпоса, дает сегодня возможность поэту создать наиболее полную, осмысленную, многогранную картину современной жизни. Лирика — душа искусства, в направлении лирики вот уже несколько веков движется не только поэзия, но и проза, и живопись, и музыка, лирика стоит на страже интересов каждого человека, она — его защитник в жестоком мире. И это — тоже один из главных уроков, преподанных человеку (и поэту) в трагическом XX веке. И в XXI веке тоже.

В заключение хочу поблагодарить своего

переводчика, профессора, замечательного знатока русской поэзии Лю Вэньфэя. Перевод стихов — одно из самых трудных дел на свете: в отличие от музыки или живописи, говорящих на всех языках сразу, поэзия живет в своем родном языке и перевести адекватно ее невозможно. Но мне повезло: мой переводчик прекрасно перевел великого Пушкина на китайский язык. А уж если он смог перевести Пушкина, то меня — и подавно!

А. Кушнер

致中国读者

20世纪的俄国遭遇了许多大灾难。关于悲剧经验的意识以及从这一意识中得出的某些结论,我认为,这便是我诗歌的主要意义之所在。抱怨生活,抱怨生活的无意义,就像浪漫主义诗歌中诗人与民众的对立一样,在我看来十分陈旧,收效甚微。你对生活不满,要向世界索赔,想"把门票退还给上帝"?那就太简单不过了:成千上万死于战争和集中营里的人都很情愿与你交换命运、时代和位置。20世纪的俄国教导人们(以及诗人)珍惜最简单的东西,诸如暖气、床单、书架上的几本书、窗外的一棵树、与友人的电话交谈和女人的微笑,成千上万的人都有可能在任何时刻被剥夺所有这一切。问题不在于生活是否有意义,是否值得活下去,而在于恰如其分地度过一生,竭尽所能地施展自己的才能。在20世纪,人(以及诗歌)所能选取的自由形式之一,便是关于悲剧的智性思考(以及诗性思考),就是战胜悲剧,就是这样一种能力,就像我在一首诗中所写的那样:"我们死去的时候,应当归还最好的灵魂。"

诗歌与抽象格格不入，诗歌是具象的，具体的，在这一方面，我的诗歌导师如普希金、安年斯基、曼德尔施塔姆、帕斯捷尔纳克等人的体验以及他们对普通人的同情，对我而言十分重要。很多年来，直到如今，我始终在赞叹、在惊讶诗歌在生活中的存在。似乎有人在操心这样的事情，以便让春天的云朵发出如此诱人、如此明媚的光芒，丁香如此稠密地怒放，海浪如此有节奏地歌唱，尘世的爱情如此意味深长。

诗歌并非诗人的杜撰，诗人是从世界的混沌之中、从生活的原料之中提取诗歌，给它配上音，再把它固定在语言中。至于诗歌的形式，我倾向于俄语的格律诗体，这一诗体的可能性（首先是音调方面的可能性）还远未穷尽，尚无限丰富（现代俄语诗歌还很年轻，仅有三百年历史，它远比其欧洲姐妹年少，比起有三千年历史的汉语诗歌，它则更年幼）。还有一个重要原因，即我认为，诗体史诗和各种史诗形式，包括带有叙事调性和既定情节的长诗，均为一种陈旧体裁，它已被托尔斯泰、陀思妥耶夫斯基、契诃夫等人的小说所排挤，因此，我集中注意力于短诗集，将其当作一种抒情诗歌之富有成效的新体裁。短诗集可以取代史诗，在当今赋予诗人以这样一种可能性，即描绘出一幅表现当代生活的最充分、最深刻、最多面的画卷。抒情是艺术的灵魂，数百年来，追求抒情的不仅有诗歌，而且还有散文、绘画和音乐，抒情在守卫每个人的兴趣，它一直在残酷的世界中守护着人。这也同样是一个人（以及一个诗人）在悲剧性的20世纪所获得的主要教训之一。在21世纪也同样如此。

最后，我想感谢我的译者、出色的俄语诗歌专家刘文飞教授。诗歌翻译是世间最艰难的事情之一，不同于能同时用世界各种语言说话的音乐和绘画，诗歌只活在自己的母语中，不可能被完全等值地翻译。但我是幸运的，因为我的译者出色地将伟大诗人普希金的诗作译成了汉语。如果他能翻译普希金，那译起我的诗来就更不在话下了！

亚·库什涅尔

КОГДА Я ОЧЕНЬ ЗАТОСКУЮ...

Когда я очень затоскую,

Достану книжку записную,

И вот ни крикнуть, ни вздохнуть —

Я позвоню кому-нибудь.

О голоса моих знакомых!

Спасибо вам, спасибо вам

За то, что вы бывали дома

По непробудным вечерам,

За то, что в трудном переплете

Любви и горя своего

Вы забывали, как живете,

Вы говорили: «Ничего».

И за обычными словами

Была такая доброта,

Как будто Бог стоял за вами

И вам подсказывал тогда.

1959

当我深深地悲伤

当我深深地悲伤,
我会拿起电话本,
无论喊叫还是叹息,
我要打电话给什么人。
哦,我友人的声音!
谢谢,谢谢你们,
在酣睡的夜晚,
你们待在家里,
当爱情和忧伤
搅成一团稀泥,
你们会淡忘眼前,
说一句"没关系"。
这寻常的话语
藏着多少善意,
仿佛上帝站在身后,
悄悄为你们提词。

1959年

ГРАФИН

Вода в графине — чудо из чудес,

Прозрачный шар, задержанный в паденье!

Откуда он? Как очутился здесь?

На столике, в огромном учрежденье?

Какие предрассветные сады

Забыли мы и помним до сих пор мы?

И счастлив я способностью воды

Покорно повторять чужие формы.

А сам графин плывет из пустоты,

Как призрак льдин, растаявших однажды,

Как воплощенье горестной мечты

Несчастных тех, что умерли от жажды.

Что делать мне?

                Отпить один глоток,

Подняв стакан? И чувствовать при этом,

Как подступает к сердцу холодок

Невыносимой жалости к предметам?

长颈玻璃瓶

瓶中的水是奇迹中的奇迹,
透明的球,不再流动!
自何处来?如何到了这里?
在大单位的小餐桌上?
我们忘记黎明的花园,
直到今天才想起?
我真想拥有水的能力,
恭顺地重复他人的形状。
瓶子自虚空漂来,
像融化了的冰的幽灵,
像不幸死于干渴的人们
那苦涩幻想的化身。
我该怎么做?
    端起水杯,
喝上一小口?感觉
一阵凉意袭上心头,
是对物的强烈怜悯?

Когда сотрудница заговорит со мной,

Вздохну, но это не ее заслуга.

Разделены невидимой стеной,

Вода и воздух смотрят друг на друга.

1960

当女助手与我谈话,
我会叹息,但这并非她的功绩。
水和空气相互打量,
被一堵无形的墙隔离。

     1960年

ВАЗА

На античной вазе выступает
Человечков дивный хоровод.
Непонятно, кто кому внимает,
Непонятно, кто за кем идет.

Глубока старинная насечка,
Каждый пляшет и чему-то рад.
Среди них найду я человечка
С головой, повернутой назад.

Он высоко ноги поднимает,
Он вперед стремительно летит,
Но как будто что-то вспоминает
И назад, как в прошлое, глядит.

Что он видит? Горе неуместно.
То ли машет милая рукой,

花瓶

在一只古希腊花瓶上,
小人们奇异地环舞。
不知谁听谁的指令,
不知谁跟在谁的身后。

古老的刻痕很深,
大家在开心地跳舞。
我看到其中的一位,
他扭头看着身后。

他高高地抬起两脚,
他想飞向前方,
他似乎又想起什么,
像打量历史,向后张望。

他看到了什么?痛苦不适当。
是女伴在招手,

То ли друг взывает — неизвестно!
Потому и грустный он такой.

Старый мастер, резчик по металлу,
Жизнь мою в рисунок разверни, —
Я пойду кружиться до отвалу
И плясать не хуже, чем они.

И в чужие вслушиваться речи,
И под бубен прыгать невпопад,
Как печальный этот человечек
С головой, повернутой назад.

1962

还是朋友在呼唤!
因此他才如此忧愁。

金属雕刻大师啊,
请把我的生命雕成画,
我要疯狂地旋转,
我跳舞不比他们差。

我要听他们说话,
要伴着鼓声跳舞,
就像这个忧愁的人,
我要扭头看着身后。

1962年

ДВА ЛЕПЕТА, БЫТЬ МОЖЕТ БОРМОТАНЬЯ...

Два лепета, быть может бормотанья,
Подслушал я, проснувшись, два дыханья.
Тяжелый куст под окнами дрожал,
И мальчик мой, раскрыв глаза, лежал.

Шли капли мимо, плакали на марше.
Был мальчик мал,
                куст был намного старше.
Он опыт свой с неведеньем сличил
И первым звукам мальчика учил.

Он делал так: он вздрагивал ветвями
И гнал их вниз, и стлался по земле,
А мальчик то же пробовал губами,
И выходило вроде «ле-ле-ле»

И «ля-ля-ля». Но им казалось: мало!

两种低语,像是嘟囔

两种低语,像是嘟囔,
醒来时我听见两种呼吸。
沉重的灌木在窗外颤抖,
我的孩子睁着眼躺在那里。

雨滴飘过,在齐步哭泣。
孩子小,
    灌木年纪大。
老成比对无知,
灌木在教孩子说话。

灌木抖动着枝丫,
让枝丫俯向大地,
孩子也嘴唇嚅动,
发出一阵"咿咿咿",

"呀呀呀。"灌木觉得不够!

И куст старался, холодом дыша,

Поскольку между ними не вставала

Та тень, та блажь, по имени душа.

Я тихо встал, испытывая трепет,

Вспугнуть боясь и легкий детский лепет,

И лепетанье листьев под окном —

Их разговор на уровне одном.

1962

它吐出寒气,竭尽所能,
因为他们之间尚无灵魂
构成的虚妄和阴影。

我悄悄起床,浑身颤栗,
害怕惊扰孩子的咿呀
和窗外枝叶的絮语——
他们的交谈难分高下。

1962年

НОЧНОЕ БЕГСТВО

Проснулся я. Какая сила
Меня с постели подняла?
В окне земля тревогу била
И листья поверху гнала.

Бежало всё. Дубы дышали
В затылок шумным тополям.
Быстрее всех кусты бежали
По темным склонам и полям.

Отставив локти, выгнув спину,
Бежала сорная трава.
И низвергался лес в низину
С холмов, не падая едва.

Бежали грядки. Густ и плотен
Был бег соцветий и вьюнов.

夜间的逃亡

我醒来。什么力量
让我离开床铺?
窗外的土地散发不安,
树叶在半空腐朽。

全都在逃。橡树气喘吁吁,
对着喧嚣杨树的后脑勺。
灌木逃得最快,
沿着黑暗的田地和坡道。

伸出胳膊弓着背,
野草也在逃跑。
森林滚下山冈,
差点儿摔倒。

山脉在逃。花的逃跑
密实而又浓稠。

Бежали тучи, как с полотен

Французских старых мастеров.

Почти как тонущие челны,

Бежали утлые дома.

Бежали сумрачные волны

На них, бежала ночь сама.

Какой-то дуб, как бурный конник,

Из переулка тут как тут:

«А ты, вцепившись в подоконник,

Чего стоишь, когда бегут?»

И, запыхавшись, ночь дышала

Трудней усталого коня.

И, как безумная, бежала

Душа, отдельно от меня.

1963

乌云在逃,像是逃离
法国大师们的画布①。

倾塌的房屋在逃,
像沉没的小舟。
黑暗的波浪在逃,
夜也在逃走。

橡树像疯狂的骑手,
急速逃出胡同:
"都在逃跑,你还
守在窗边,站着不走?"

比疲惫的马还要疲惫,
夜在艰难地喘息。
灵魂像个疯子,
飞奔着离我而去。

1963年

---

① "法国大师们"指巴比松画派的风景画家。——作者注

ЗАКРОЮ ГЛАЗА И УВИЖУ...

Закрою глаза и увижу
Тот город, в котором живу,
Какую-то дальнюю крышу,
И солнце, и вид на Неву.

В каком-то печальном прозренье
Увижу свой день роковой,
Предсмертную боль, и хрипенье,
И блеск облаков над Невой.

О боже, как нужно бессмертье,
Не ради любви и услад,
А ради того, чтобы ветер
Дул в спину и гнал наугад.

Любое стерпеть униженье
Не больно, любую хулу

闭上眼睛,我看见

闭上眼睛,我看见
我生活的城市,
远处的屋顶和太阳,
涅瓦河上的风光。

透过悲哀的预见,
我看到自己的末日,
看到死前的痛苦,喘息,
涅瓦河上闪亮的白云。

哦上帝,真的需要不朽,
不为爱情和欢愉,
是为了让风吹拂后背,
偶尔地吹一吹。

忍受每一种屈辱,
每一种辱骂,并非痛苦,

За легкое это движенье

С замахом полы за полу.

За вечно наставленный ворот,

За синюю невскую прыть,

За этот единственный город,

Где можно и в горе прожить.

1963

为了一个轻盈的动作,
悄悄地摆摆手。

为了始终竖起的衣领,
为了涅瓦河的蓝色流水,
为了这唯一的城市,
痛苦着也能在此度过一生。

1963年

ЗВЕЗДА НАД КРОНАМИ ДЕРЕВ...

Звезда над кронами дерев

Сгорит, чуть-чуть не долетев.

И ветер дует, но не так,

Чтоб ели рухнули в овраг,

И ливень хлещет по лесам,

Но, просветлев, стихает сам.

Кто, кто так держит мир в узде,

Что может птенчик спать в гнезде?

1964

一颗星在树冠上方燃烧

一颗星在树冠上方燃烧,
差一点飞抵目的地。

风在吹,却未能
让杉树倒向谷底,

暴雨抽打森林,
天亮时却独自停息。

是谁,是谁在掌握世界,
让雏鸟安睡巢穴?

1964年

СТАРИК

Кто тише старика,
Попавшего в больницу,
В окно издалека
Глядящего на птицу?

Кусты ему видны,
Прижатые к киоску.
Висят на нем штаны
Больничные, в полоску.

Бухгалтером он был
Иль стекла мазал мелом?
Уж он и сам забыл,
Каким был занят делом.

Сражался в домино
Иль мастерил динамик?

老人

一个住院的老人
坐在窗前
看远方的鸟,
有谁比他更安静?

他看到亭子旁
长有一丛灌木。
亭子上挂着
几件病号服。

他是一名会计,
用粉笔涂过窗玻璃?
究竟做过什么,
他早已忘记。

他玩过多米诺,
还装过半导体?

Теперь ему одно

Окно, как в детстве пряник.

И дальний клен ему

Весь виден, до прожилок,

Быть может, потому,

Что дышит смерть в затылок.

Вдруг подведут черту

Под ним, как пишут смету,

И он уже — по ту,

А дерево — по эту.

1964

如今他只有这扇窗户,
就像童年的糖饼。

他看到远处的枫树,
连纹理都看得很清,
这或许因为,
死神已在身后敲门。

突然有人画了线,
就像是在记账,
他已在那一边,
树却在这一方。

1964年

ВАРФОЛОМЕЕВСКАЯ НОЧЬ

В ряду ночей одну невмочь
Забыть. Как в горле ком.
Варфоломеевская ночь,
Стоишь особняком.

Я напрягаю жадный слух
И слышу: ты гудишь,
Из окон гонишь серый пух
И ломом в дверь стучишь.

Тот был в дверях убит, а тот
Задушен в спальне был.
«Ты кто, католик? гугенот?»
А он со сна забыл.

圣巴托罗缪之夜[①]

有个夜晚最难忘。
像喉头的堵塞。
圣巴托罗缪之夜,
你显得最为独特。

我贪婪地倾听,
听见你在鸣笛,
你把羽绒吹到窗外,
你用铁棍敲门。

有人在门口遇害,
有人在卧室被掐死。
"天主徒还是新教徒?"
而他刚睡醒忘了答案。

[①]1572年8月24日,巴黎天主教徒曾对新教徒进行大屠杀,史称"圣巴托罗缪之夜"。——译注

А этот вовсе ничего
Не понял — гул шагов.
Один сказал: «Коли его!»
Другой сказал: «Готов».

А тот лицом белей белья,
Мертвей своих простынь.
«Католик я! Католик я!» —
«Бог разберет. Аминь».

Иной был пойман у ворот —
И страх шепнул: соври.
«Ты кто, католик?» — «Гугенот». —
«Так вот тебе, умри!»

Так вот тебе! Так вот тебе!
Копьем из темноты.
Валяйся с пеной на губе.
И ты! И ты! И ты!

有人糊里糊涂,
嘈杂的脚步声。
一个人说"砍他!"
另一个说"遵命。"

有人脸色苍白,
白得像他的床单。
"我是天主徒!天主徒!"
"上帝清楚。阿门。"

有人在门口被抓,
恐惧在低语。
"天主徒?""新教徒。"
"那你就去死!"

就去死!就去死!
黑暗中的长矛。
嘴吐白沫求饶吧。
有你!有你!还有你!

«Свечу сюда!» — «Не надо свеч!
Сказал, гаси ее!»
Не ночь, а нож. Не ночь, а меч.
Сплошное остриё.

Дымилась в лужах кровь, густа,
И полз кровавый пар.
О ночь, ты страшный сон Христа,
Его ночной кошмар.

1964

"蜡烛！""不用蜡烛！
我说，快灭了它！"
不是夜是刀。不是夜是剑。
一个又一个刀光。

水洼注满黏稠的血，
血腥的热气在飘动。
夜啊，你是基督的梦，
是他夜间的噩梦。

        1964年

СКАТЕРТЬ, РАДОСТЬ, БЛАГОДАТЬ!...

Скатерть, радость, благодать!
За обедом с проволочкой
Под столом люблю сгибать
Край ее с машинной строчкой.

Боже мой! Еще живу!
Всё могу еще потрогать
И каемку, и канву,
И на стол поставить локоть!

Угол скатерти в горсти.
Даже если это слабость,
О бессмыслица, блести!
Не кончайся, скатерть, радость!

1965

桌布,欢乐,幸福!

桌布,欢乐,幸福!
午餐被延续,
我喜欢摆弄
机织桌布的流苏。

上帝啊!我还活着!
我还能触碰这一切,
台布上的刺绣和花纹,
还能在桌上支起双肘!

桌布的一角皱成一团。
就连你这个不足,
奇怪啊,也请你闪亮!
继续吧,欢乐和桌布!

1965年

БЫТЬ НЕЛЮБИМЫМ! БОЖЕ МОЙ!..

Быть нелюбимым! боже мой!

Какое счастье быть несчастным!

Идти под дождиком домой

С лицом потерянным и красным.

Какая мука, благодать

Сидеть с закушенной губою,

Раз десять на день умирать

И говорить с самим собою.

Какая жизнь — сходить с ума!

Как тень, по комнате шататься!

Какое счастье — ждать письма

По месяцам — и не дождаться.

Кто нам сказал, что мир у ног

Лежит в слезах, на всё согласен?

不做被爱的人!

不做被爱的人!上帝!
做不幸的人多么幸福!
在小雨中走回家,
脸色绯红,不知所措。

安宁是怎样的痛苦,
咬着嘴唇静坐,
一天死亡十次,
自己与自己交流。

疯狂是怎样的生活!
像幽灵在房间徘徊!
一连数月等不到书信,
该是怎样的幸福。

谁说安宁就在脚旁,
含着眼泪赞同一切?

Он равнодушен и жесток.

Зато воистину прекрасен.

Что с горем делать мне моим?

Спи, с головой в ночи укройся.

Когда б я не был счастлив им,

Я б разлюбил тебя, не бойся!

1966

安宁显得冷漠残忍。
然而它的确很美。

我该如何面对我的不幸?
睡吧,夜里蒙头大睡。
别怕,当我不再幸福,
我也不会再继续爱你!

1966年

ТО, ЧТО МЫ ЗОВЕМ ДУШОЙ...

То, что мы зовем душой,

Что, как облако, воздушно

И блестит во тьме ночной

Своенравно, непослушно

Или вдруг, как самолет,

Тоньше колющей булавки,

Корректирует с высот

Нашу жизнь, внося поправки;

То, что с птицей наравне

В синем воздухе мелькает,

Не сгорает на огне,

Под дождем не размокает,

Без чего нельзя вздохнуть,

Ни глупца простить в обиде;

То, что мы должны вернуть,

Умирая, в лучшем виде, —

我们称作灵魂的东西

我们称作灵魂的东西,
像云一样飘浮,
在夜的黑暗闪烁,
任性而又顽固,
或者像一架飞机,
细过一枚大头针,
在高空校对我们的生活,
突然带来许多修正;

与鸟儿等高的东西,
在蓝色的空中闪亮,
在火中不会燃烧,
在雨中不会泡胀,
没有它就无法呼吸,
无法将傻瓜原谅;
我们死去的时候,
应当归还最好的灵魂,

Это, верно, то и есть,

Для чего не жаль стараться,

Что и делает нам честь,

Если честно разобраться.

В самом деле хороша,

Бесконечно старомодна,

Тучка, ласточка, душа!

Я привязан, ты — свободна.

1966

的确，为了这一切，
我们甘愿付出努力，
如若诚实面对，
它将给我们荣誉。
这一切的确美好，
无止境的旧派头，
乌云，燕子，灵魂！
我被束缚，你却自由。

1966年

ЖИЗНЬ ЧУЖУЮ ПРОЖИВ ДО КОНЦА...

Жизнь чужую прожив до конца,
Умерев в девятнадцатом веке,
Смертный пот вытирая с лица,
Вижу мельницы, избы, телеги.

Биографии тем и сильны,
Что обнять позволяют за сутки
Двух любовниц, двух жен, две войны
И великую мысль в промежутке.

Пригождайся нам, опыт чужой,
Свет вечерний за полостью пыльной,
Тишина, пять-шесть строф за душой
И кусты по дороге из Вильны.

过完他人的一生[①]

过完他人的一生,
我死在十九世纪,
擦去脸上死亡的冷汗,
我看见磨坊、木屋和大车。

传记足够强大,
能在一昼夜间拥抱
两位情人、两个妻子和两次战争,
外加一个伟大思想。

请为我们所用吧:
他人的体验,车外的晚霞,
宁静,心底的五六段诗,
维尔诺归途中的灌木。

[①] 此诗主要写丘特切夫。维尔诺今称维尔纽斯,是俄国前往西方的必经之路。——作者注

Даже беды великих людей

Дарят нас прибавлением жизни,

Звездным небом, рысцой лошадей

И вином, при его дешевизне.

1967

就连伟人们的不幸,
也成为我们生活的补充,
成为星空,马的小跑,
成为廉价的葡萄酒。

      1967年

КАЗАЛОСЬ БЫ, ДВЕ ТЬМЫ...

Казалось бы, две тьмы,
В начале и в конце,
Стоят, чтоб жили мы
С тенями на лице.

Но не сравним густой
Мрак, свойственный гробам,
С той дружелюбной тьмой,
Предшествовавшей нам.

Я с легкостью смотрю
На снимок давних лет.
«Вот кресло, - говорю, -
Меня в нем только нет».

Но с ужасом гляжу
За черный тот предел,

仿佛有两种黑暗

仿佛有两种黑暗,
分别位于终点和开端,
为了让我们的脸上,
终生都带着阴影。

但我们不会去比较
坟墓中浓密的昏暗
和我们前方的暗影,
前方的暗影充满友善。

我轻松地打量着
一幅往年的照片。
我说:"有把座椅,
可椅子上没我。"

盯着那黑色的界线,
我充满了恐惧,

Где кресло нахожу,

В котором я сидел.

1967

我在那里会发现

我坐过的那把座椅。

> 1967年

ЗАЧЕМ ВАН ГОГ ВИХРЕОБРАЗНЫЙ...

Зачем Ван Гог вихреобразный

Томит меня тоской неясной?

Как желт его автопортрет!

Перевязав больное ухо,

В зеленой куртке, как старуха,

Зачем глядит он мне вослед?

Зачем в кафе его полночном

Стоит лакей с лицом порочным?

Блестит бильярд без игроков?

Зачем тяжелый стул поставлен

Так, что навек покой отравлен,

Ждешь слез и стука башмаков?

Зачем он с ветром в крону дует?

Зачем он доктора рисует

С нелепой веточкой в руке?

旋涡一般的梵高

旋涡一般的梵高,
为何用神秘的忧愁把我折磨?
他的自画像颜色多么黄!
裹着受伤的耳朵,
身着绿衣,像个老太婆,
他为何紧盯着我?

在他夜半的咖啡馆,
为何站着神色不端的侍者?
没人玩的台球桌为何闪光?
沉重的凳子为何摆在那里,
似被永远毒死的安详,
你在等待眼泪和脚步声响?

他为何向树冠吹风?
他为何画一位医生
手持一根荒谬的树枝?

Куда в косом его пейзаже

Без седока и без поклажи

Спешит коляска налегке?

1967

在他倾斜的风景里,
没有乘客,没有行李,
何时驶来轻装的马车?

1967年

УХОДИТ ЛЕТО...

Уходит лето. Ветер дует так,

Что кажется, не лето — жизнь уходит,

И ежится, и ускоряет шаг,

И плечиком от холода поводит.

По пням, по кочкам, прямо по воде.

Ей зимние не по душе заботы.

Где дом ее? Ах, боже мой, везде!

Особенно, где синь и пароходы.

Уходит свет. Уходит жизнь сама.

Прислушайся в ночи: любовь уходит,

Оставив осень в качестве письма,

Где доводы последние приводит.

Уходит муза. С кленов, с тополей

Летит листва, летят ей вслед стрекозы.

夏日离去

夏日离去。风在吹拂,
似乎不是夏日而是生命在离去,
蜷缩着,加快脚步,
因为寒冷把肩膀耸起。

沿着树根、草墩和水面。
她不关心冬天的情况。
她的家在哪儿?天哪,无处不在!
尤其是有蓝天和轮船的地方。

光在离去。生命也在离去。
夜间听一听吧:爱情在离去,
留下秋天充当书信,
那里写有最后的论据。

缪斯在离去。树叶飞离枫树和杨树,
身后跟着飞舞的蜻蜓。

И женщины уходят всё быстрей,

Почти бегом, опережая слезы.

1969

女人们更快地离去,

几乎在跑,抢在眼泪之前。

1969年

ЧЕЛОВЕК ПРИВЫКАЕТ...

Человек привыкает
Ко всему, ко всему.
Что ни год получает
По письму, по письму.

Это в белом конверте
Ему пишет зима.
Обещанье бессмертья —
Содержанье письма.

Как красив ее почерк!
Не сказать никому.
Он читает листочек
И не верит ему.

Зимним холодом дышит
У реки, у пруда.

人善于习惯

人善于习惯
习惯一切,一切。
无论这年收到
什么信页,信页。

冬天给他写信,
装进白色的信封。
关于不朽的许诺,
就是信的内容。

冬天的笔迹多漂亮!
别告诉任何人。
他阅读这张纸,
却不敢相信。

冬天吐着寒气,
在河边,在池边。

И в ответ ей не пишет

Никогда, никогда.

1970

他不给冬天回信,
永远不写,永远。

1970年

КТО-ТО ПЛАЧЕТ ВСЮ НОЧЬ...

Кто-то плачет всю ночь.

Кто-то плачет у нас за стеною.

Я и рад бы помочь —

Не пошлет тот, кто плачет, за мною.

Вот затих. Вот опять.

«Спи, — ты мне говоришь, - показалось».

Надо спать, надо спать.

Если б сердце во тьме не сжималось!

Разве плачут в наш век?

Где ты слышал, чтоб кто-нибудь плакал?

Суше не было век.

Под бесслезным мы выросли флагом.

Только дети — и те,

Услыхав: «Как не стыдно?» - смолкают.

有人哭了整夜

有人哭了整夜,
有人在我们隔壁痛哭。
我愿意去帮他,
可那哭泣的人并未求我。

停了。又哭起来。
"睡吧。"你对我说。
该睡了,该睡了。
心脏却在黑暗中紧缩!

人们在哭我们的世纪?
我们的时代哪里有哭声?
最干燥的世纪。
我们在无泪的旗帜下长成。

只有孩子依然如故,
听到斥责便不再哭。

Так лежим в темноте.

Лишь часы на столе подтекают.

Кто-то плачет вблизи.

«Спи, — ты мне говоришь, — я не слышу».

У кого ни спроси —

Это дождь задевает за крышу.

Вот затих. Вот опять.

Словно глубже беду свою прячет.

А начну засыпать —

«Подожди, — говоришь, — кто-то плачет!»

1972

我们就这样睡在黑暗中。
只有桌上的闹钟在走。

有人在附近痛哭。
"睡吧,我没听见。"你说。
随便问谁,他们都说:
是雨水在敲打房屋。

停了。又哭起来。
像在更深地隐藏他的痛苦。
我要睡了,你却说:
"等等,有人在哭!"

      1972年

Я К НОЧНЫМ ОБЛАКАМ ЗА ОКНОМ ПРИСМОТРЮСЬ...

Я к ночным облакам за окном присмотрюсь,
Отодвинув суровую штору.
Был я счастлив — и смерти боялся. Боюсь
И сейчас, но не так, как в ту пору.

Умереть — это значит шуметь на ветру
Вместе с кленом, глядящим понуро.
Умереть — это значит попасть ко двору
То ли Ричарда, то ли Артура.

Умереть — расколоть самый твердый орех,
Все причины узнать и мотивы.
Умереть — это стать современником всех,
Кроме тех, кто пока еще живы.

1973

我看着窗外夜空的云

我看着窗外夜空的云,
拉开阴沉的窗帘。
我幸福过,也怕死过。
现在也怕,但不似当年。

死去,就是在风中喧嚣,
伴着眼神暗淡的枫树。
死去,就像轻尘飘落,
飘入某个人家的院落。

死去,就是砸开最硬的坚果,
弄清原因和动机。
死去,就是做所有人的同辈,
除了那些还健在的人。

1973年

КУСТ

Евангелие от куста жасминового,
Дыша дождем и в сумраке белея,
Среди аллей и звона комариного
Не меньше говорит, чем от Матфея.

Так бел и мокр, так эти грозди светятся,
Так лепестки летят с дичка задетого.
Ты слеп и глух, когда тебе свидетельства
Чудес нужны еще, помимо этого.

Ты слеп и глух, и ищешь виноватого,
И сам готов кого-нибудь обидеть.
Но куст тебя заденет, бесноватого,
И ты начнешь и говорить, и видеть.

1975

灌木

木樨灌木像一本福音书,
叶上的雨滴在昏暗中闪耀,
林荫道上伴着蚊子的嗡嗡,
它不比马太的话儿更少。

又湿又亮,树丛在闪光,
花瓣飞离被触动的树枝。
你又聋又哑,除了这些,
你居然还需要奇迹的证据。

你又聋又哑,在寻找罪人,
自己却打算去欺负别人。
但灌木会触动狂躁的你,
你才拥有说话和观察的能力。

1975年

РЕБЕНОК БЛИЖЕ ВСЕХ К НЕБЫТИЮ...

Ребенок ближе всех к небытию.
Его еще преследуют болезни,
Он клонится ко сну и забытью
Под зыбкие младенческие песни.

Его еще облизывает тьма,
Подкравшись к изголовью, как волчица,
Заглаживая проблески ума
И взрослые размазывая лица.

Еще он в белой дымке кружевной
И облачной, еще он запеленат,
И в пене полотняной и льняной
Румяные его мгновенья тонут.

Туманящийся с края бытия,
Так при смерти лежат, как он — при жизни,

婴儿离虚无最近

婴儿离虚无最近。
疾病仍在将他觊觎,
他偏爱睡梦和遗忘,
伴着起伏的摇篮曲。

黑暗仍在将他舔舐,
像母狼悄悄接近床头,
抚平智慧的闪光,
涂抹成年的脸庞。

他仍躺着白色的被褥,
他仍裹着襁褓,
他粉红色的瞬间
沉入白布的水泡。

他躺在存在的边缘,
他的生就像众人的死,

Разнежившись без собственного «я»,

Нам к жалости живой и укоризне.

Его еще укачивают, он

Что помнит о беспамятстве — забудет.

Он вечный свой досматривает сон.

Вглядись в него: вот-вот его разбудят.

1975

他躺着,没有"自我",
让我们怜悯,惭愧。

他仍被摇篮摇晃,
他将遗忘他的懵懂。
他预见了他永恒的梦。
看他一眼,他会被惊醒。

       1975年

СЕНТЯБРЬ ВЫМЕТАЕТ ШИРОКОЙ МЕТЛОЙ...

Сентябрь выметает широкой метлой

Жучков, паучков с паутиной сквозной,

Истерзанных бабочек, ссохшихся ос,

На сломанных крыльях разбитых стрекоз,

Их круглые линзы, бинокли, очки,

Чешуйки, распорки, густую пыльцу,

Их усики, лапки, зацепки, крючки,

Оборки, которые были к лицу.

Сентябрь выметает широкой метлой

Хитиновый мусор, наряд кружевной,

Как если б директор балетных теплиц

Очнулся — и сдунул своих танцовщиц.

Сентябрь выметает метлой со двора

За поле, за речку и дальше, во тьму,

Манжеты, застежки, плащи, веера,

Надежды на счастье, батист, бахрому.

九月抡起宽大的扫帚

九月抡起宽大的扫帚,
扫去甲虫、蜘蛛和透明的蛛网,
扫去伤残的蝴蝶,干瘪的黄蜂,
扫去折断翅膀的蜻蜓,
它们圆圆的镜片,望远镜,眼镜,
鳞片、躯干和薄粉层,
毫毛、细爪和小钩子,
以及脸上的其他器官。

九月抡起宽大的扫帚,
扫去角质的垃圾,镶花边的盛装,
像芭蕾温室的主人缓过神来,
吹走他的跳舞姑娘。
九月在院子里抡起扫帚,
扫去袖口、纽扣、雨衣和折扇,
扫去幸福的希望和夏装,
扫过田野和河流,扫进黑暗。

Прощай, моя радость! До кладбища ос,
До свалки жуков, до погоста слепней,
До царства Плутона, до высохших слёз,
До блёклых, в цветах, элизийских полей!

1975

别了，我的欢乐！黄蜂的墓地见，
甲虫和蠕虫的坟场见，
直到阴曹地府，直到干枯的泪，
直到鲜花暗淡的极乐世界！

1975年

АПОЛЛОН В СНЕГУ

Колоннада в снегу. Аполлон

В белой шапке, накрывшей венок,

Желтоватой синицей пленен

И сугробом, лежащим у ног.

Этот блеск, эта жесткая резь

От серебряной пыли в глазах!

雪中的阿波罗[1]

雪中的雕像。阿波罗
头戴遮蔽花冠的白帽,
被黄色的山雀俘虏,
被脚下的雪堆俘虏。
这闪亮,这银色的轻尘
像钢针刺进双目!

---

[1] 在巴甫洛夫斯克(彼得堡近郊保罗皇帝的行宫)的诸多神话人物雕塑中有一尊阿波罗雕像。"雪中的阿波罗"喻指注定要与当权者做无休止斗争的整个俄国诗歌,如普希金、莱蒙托夫、古米廖夫、曼德尔施塔姆、阿赫马托娃等。在列宁格勒创作界的一次会议上(我自然未出席这次会议),列宁格勒州委第一书记罗曼诺夫在台上读了此诗,并说道:"如果诗人库什尼尔(他说错了我的姓氏)不喜欢这里,就请他离开。"使我幸免于难的是,我投给《阿芙乐尔》杂志的这首诗当时尚未发表出来。罗曼诺夫的手下等不及此诗发表,就把它"暗中呈送"罗曼诺夫。如此一来,罗曼诺夫便"泄露了天机":党取代书刊审查机构,在监视创作过程。结果一切平安无事,尽管在此事之后近一年时间里,列宁格勒报刊均拒绝刊登我的作品。但是,不知内情的莫斯科报刊却继续为我提供版面。此诗最早刊于1988年出版的诗集《活篱笆》。——作者注

Он продрог, в пятнах сырости весь,

В мелких трещинах, льдистых буграх.

Неподвижность застывших ветвей

И не снилась прилипшим к холмам,

Средь олив, у лазурных морей

Средиземным его двойникам.

Здесь, под сенью покинутых гнезд,

Где и снег словно гипс или мел,

Его самый продвинутый пост

И влиянья последний предел.

Здесь, на фоне огромной страны,

На затянутом льдом берегу

Замерзают, почти не слышны,

Стоны лиры и гаснут в снегу,

И как будто они ничему

Не послужат ни нынче, ни впредь,

Но, должно быть, и нам, и ему,

Чем больнее, тем сладостней петь.

他冻得发抖,浑身湿透,
布满冰的结瘤和裂缝。

冻僵的树枝一动不动,
他地中海的兄弟们在山地,
在棕榈树间,蓝色的海边,
并未梦见这里的死寂。
在这里,在废弃的家园,
雪花就像石膏或粉笔,
他最突前的哨位,
他的影响的最后边际。

在这里,背衬巨大的国度,
在被坚冰包裹的岸边,
竖琴的呻吟断断续续,
将在雪中消失,
它似乎没有用处,
无论现在,还是将来,
可是我们,还有他,
越痛苦,就越甜蜜地歌唱。

В белых иглах мерцает душа,

В ее трещинах сумрак и лед.

Небожитель, морозом дыша,

Пальму первенства нам отдает,

Эта пальма, наверное, ель,

Обметенная инеем сплошь.

Это — мужество, это - метель,

Это — песня, одетая в дрожь.

1975

灵魂在白色的针尖闪烁，

灵魂的皱褶里是昏暗和冰。

天上的神呼吸严寒，

将递给我们优胜的棕榈，

这棕榈或许是云杉，

被霜花清扫过的云杉。

这就是勇气，就是风雪，

这就是裹着颤栗外衣的歌。

1975年

ВРЕМЕНА НЕ ВЫБИРАЮТ...

Времена не выбирают,
В них живут и умирают.
Большей пошлости на свете
Нет, чем клянчить и пенять.
Будто можно те на эти,
Как на рынке, поменять.

Что ни век, то век железный.
Но дымится сад чудесный,
Блещет тучка; я в пять лет
Должен был от скарлатины
Умереть, живи в невинный
Век, в котором горя нет.

Ты себя в счастливцы прочишь,
А при Грозном жить не хочешь?

人们不选择时间

人们不选择时间,
人在时间中生死。
抱怨和纠缠,
是世上最大的庸俗。
就像是在市场上,
这些都可以交易。

无论时代是否严酷,
神奇的花园腾起热气,
云在闪亮;五岁的我
本该因猩红热死去,
你就活下去吧,
在没有痛苦的世纪。

你想让自己幸运?
不想活在雷帝[①]时期?

[①] 即伊凡雷帝(1530—1584),以残暴著称的俄国沙皇。——译注

Не мечтаешь о чуме

Флорентийской и проказе?

Хочешь ехать в первом классе,

А не в трюме, в полутьме?

Что ни век, то век железный.

Но дымится сад чудесный,

Блещет тучка; обниму

Век мой, рок мой на прощанье.

Время — это испытанье.

Не завидуй никому.

Крепко тесное объятье.

Время — кожа, а не платье.

Глубока его печать.

Словно с пальцев отпечатки,

С нас — его черты и складки,

Приглядевшись, можно взять.

1976

不愿有佛罗伦萨的瘟疫①?
不愿有麻风病?
你想乘头等车厢旅行,
不愿坐在昏暗的舱底?

所有的世纪皆铁血。
神奇的花园腾起热气,
云在闪亮;我拥抱
我注定不幸的世纪。
时间,就是考验。
你不必把任何人妒忌。

紧紧的拥抱很贴身。
时间是皮肤而不是外衣。
时间的印记很深。
就像是指纹,瞧,
我们的身上也留有
时间的皱褶和纹理。

1976年

---

① 1348年佛罗伦萨曾爆发一场大瘟疫。——译注

СКВОЗНЯКИ ПО УТРАМ В ЗАНАВЕСКАХ И ШТОРАХ...

Сквозняки по утрам в занавесках и шторах
Занимаются лепкою бюстов и торсов.
Как мне нравится хлопанье это и шорох,
Громоздящийся мир уранид и колоссов.

В полотняном плену то плечо, то колено
Проступают, и кажется: дыбятся в схватке,
И пытаются в комнату выйти из плена,
И не в силах прорвать эти пленки и складки.

Мир гигантов, несчастных в своем ослепленье,
Обреченных всё утро вспухать пузырями,
Опадать и опять, становясь на колени,
Проступать, прилипая то к ручке, то к раме.

清晨的穿堂风鼓动窗帘

清晨的穿堂风鼓动窗帘,
在塑造一尊又一尊雕像。
我喜欢这雕塑巨人的世界,
喜欢这些轻轻的声响。

肩膀或膝盖被亚麻布俘虏,
似乎有人在奋力搏斗,
他们想摆脱束缚冲进房间,
却无力撕开皱褶和薄布。

这些不幸的瞎眼巨人啊,
整个清晨都在徒劳地鼓包,
他们倒下,重新跪起,
死死地抠住把手和窗框。

О, пергамский алтарь на воздушной подкладке!

И не надо за мрамором в каменоломни

Лезть; всё утро друг друга кладут на лопатки,

Подминают, и мнут, и внушают: запомни.

И всё утро, покуда ты нежишься, сонный,

В милосердной ночи залечив свои раны,

Там, за шторой, круглясь и толпясь, как колонны,

Напрягаются, спорят и гибнут титаны.

1976

哦,充气的帕加马祭坛①!
不必去采石场寻觅大理石;
整个清晨,他们在相互塑造,
相互抬举和嘱咐:要记住。

整个清晨,惺忪的你很惬意,
在慈悲的夜治愈你的创伤,
可在窗帘后,像变形的圆柱,
巨人们仍在缠斗、争论和死亡。

1976年

---

① 帕加马祭坛于公元前2世纪建于小亚细亚帕加马城,其基座上浮雕描绘巨人与奥林匹斯十二主神的战斗,称"巨人战役",该祭坛遗址经发掘和修复后藏于柏林博物馆。——译注

МНЕ КАЖЕТСЯ, ЧТО ЖИЗНЬ ПРОШЛА...

Мне кажется, что жизнь прошла.

Остались частности, детали.

Уже сметают со стола

И чашки с блюдцами убрали.

Мне кажется, что жизнь прошла.

Остались странности, повторы.

Рука на сгибе затекла.

Узоры эти, разговоры...

На холод выйти из тепла,

Найти дрожащие перила.

Мне кажется, что жизнь прошла.

Но это чувство тоже было.

Уже, заметив, что молчу,

Сметали крошки тряпкой влажной.

Постой... еще сказать хочу...

Не помню, что хочу... неважно.

我觉得一生已经过去

我觉得一生已经过去。
只剩下局部和细节。
已经开始收拾餐桌,
杯盘都被收起。
我觉得一生已经过去。
只剩下古怪和重复。
胳膊肘发麻。
这些花纹和谈吐……

从温暖出门走向寒冷,
寻觅颤抖的围栏。
我觉得一生已经过去。
可这感觉并不新鲜。
我默不作声,当我看到
人们用湿布擦去碎屑。
等等……我还想说……
我不记得我想……算了。

Мне кажется, что жизнь прошла.

Уже казалось так когда-то,

Но дверь раскрылась — то была

К знакомым гостья, — стало взгляда

Не отвести и не поднять;

Беседа дрогнула, запнулась,

Потом настроилась опять,

Уже при ней, — и жизнь вернулась.

1977

我觉得一生已经过去。

一切都已成为往事，

可房门打开，来了

一位女友，目不转睛，

却抬不起目光；

交谈断断续续，

然后又打起精神，

生活因为她而转身。

      1977年

НОЧНАЯ БАБОЧКА

Пиджак безжизненно повис на спинке стула.

Ночная бабочка на лацкане уснула.

Где свет застал ее — там выдохлась и спит.

Где сон сморил ее — там крылья распластала.

Вы не добудитесь ее: она устала.

И желтой ниточкой узор ее прошит.

Ей, ночью видящей, свет кажется покровом

Сплошным, как занавес, но с краешком багровым.

В него укутанной, покойно ей сейчас.

Ей снится комната со спящим непробудно

Во тьме, распахнутой безжалостно и чудно,

И с беззащитного она не сводит глаз.

1978

夜蝴蝶

上衣无生命地挂在椅背。
夜蝴蝶在衣领上入睡。
光照见它,它疲惫地安眠。
梦折磨它,它张开两翼。
您叫它不醒:它太累。
它的花纹用黄丝线缝成。

它觉得夜间的光是庇护,
像窗帘,但带有紫色的流苏。
裹着光的外衣,它已安心。
它梦见有人沉睡的房间,
黑暗残忍又神奇地覆盖一切,
它盯着无助的人,目不转睛。

1978年

БЕССМЕРТИЕ — ЭТО КОГДА ЗА СТОЛОМ РАЗГОВОР...

Бессмертие — это когда за столом разговор

О ком-то заводят, и строчкой его дорожат,

И жалость лелеют, и жаркий шевелят позор,

И ложечкой чайной притушенный ад ворошат.

Из пепла вставай, перепачканный в саже, служи

Примером, все письма и все дневники раскрывай.

Так вот она, слава, земное бессмертье души,

Заставленный рюмками, скатертный, вышитый рай.

Не помнят, на сколько застегнут ты пуговиц был,

На пять из шести? Так расстегивай с дрожью все шесть.

А ежели что-то с трудом кое-как позабыл, —

Напомнят: на то документы архивные есть.

Как бабочка, ты на приветный огонь залетел.

Синеют ли губы на страшном нестрашном суде?

不朽,就是在餐桌旁谈起某人

不朽,就是在餐桌旁谈起某人,
津津乐道他的一行诗句,
满怀怜惜,说说他的出格,
用茶勺搅动沉淀的毒剂。

浑身乌黑地从灰烬中起身吧,
展开所有日记和书信,做个榜样。
这就是荣光,灵魂在尘世的不朽,
就是摆满酒盏的绣花桌布的天堂。

人们不记得你扣了几颗纽扣,
六颗中的五颗?颤抖着解开全部六颗吧。
如果你艰难地忘了什么,
有人提醒:还有档案文件作证。

像只蛾子你迎面向火焰飞去。
在不可怕的最终审判你会嘴唇乌黑?

Затем ли писал по утрам и того ли хотел?

Не лучше ли тем, кто в ночной растворен темноте?

1978

然后你会清晨写作,想写什么?

溶解在夜的黑暗里是否更好?

> 1978年

ПРОСТИ, ВОЛШЕБНЫЙ ВАВИЛОН...

Прости, волшебный Вавилон
С огромной башней, как рулон
Небрежно свернутой бумаги.
Ты наш замшелый, ветхий сон.
Твои лебедки помню, флаги.

Мне стоит в трубочку свернуть
Тетрадь, газету, что-нибудь,
Как возникает искушенье
Твою громаду помянуть
И языков твоих смешенье.

Гляжу в окно на белый снег.
Под веком — век, над веком — век.
Где мы? В конце ль? У середины?
Как горд, как жалок человек!
Увы, из крови он, из глины.

抱歉,神奇的巴比伦

抱歉,神奇的巴比伦
那冲天的巨塔,
像随意卷起的纸。
你是我们陈旧的梦。
我记得你的绞盘和旗帜。

报纸和笔记本等等,
都值得我卷成筒,
就像出现一种诱惑,
追忆你巨大的躯体,
你各种语言的混合。

我看着窗外的白雪。
世纪覆盖着世纪。
我们在终端还是在中间?
人多么高傲,多么渺小!
唉,他源自黏土和血液。

Он потный, жаркий он, живой.

И через ярус круглый свой

Ему никак не перепрыгнуть.

Он льнет к подушке головой,

Он хочет жить, а надо гибнуть.

1979

他流汗,滚烫,他活着。
他无论如何也跳不出
他那圆形的剧场。
他脑袋紧贴枕头,
他想活,但是必须死亡。

      1979年

НА ВЫБОР СМЕРТЬ ЕМУ ПРЕДЛОЖЕНА БЫЛА...

На выбор смерть ему предложена была.

Он Цезаря благодарил за милость.

Могла кинжалом быть, петлею быть могла,

Пока он выбирал, топталась и томилась,

Ходила вслед за ним, бубнила невпопад:

Вскрой вены, утопись, с высокой кинься кручи.

Он шкафчик отворил: быть может, выпить яд?

Не худший способ, но, возможно, и не лучший.

У греков — жизнь любить, у римлян — умирать,

У римлян — умирать с достоинством учиться,

У греков — мир ценить, у римлян — воевать,

У греков — звук тянуть на флейте, на цевнице,

У греков — жизнь любить, у греков — торс лепить,

Объемно-теневой, как туча в небе зимнем,

他被建议选择死亡[1]

他被建议选择死亡。
他感激恺撒的仁慈。
可用刀刺,可用鞭刑,
在他选择时,死神焦躁不安,
跟在他身后,胡乱嘟囔:
割腕吧,投水吧,跳下悬崖。
他打开小柜:要不服毒?
这方法不坏,或许也非最佳。

学希腊人爱生活,学罗马人死亡,
学罗马人有尊严地死亡,
学希腊人爱世界,学罗马人打仗,
学希腊人用长笛和排箫把声音延长,
学希腊人爱生活,学希腊人塑像,
巨大的阴影,像冬日天空的乌云,

---

[1] 尼禄曾给佩特罗尼乌斯以这样的选择,见普希金的小说《罗马生活故事》。——作者注

Он отдал плащ рабу и свет велел гасить.

У греков — воск топить и умирать — у римлян.

1980

他把斗篷递给奴隶,吩咐熄灯。
学希腊人熔化蜡,学罗马人死亡。

1980年

И В СЛЕДУЮЩИЙ РАЗ Я ЖИТЬ ХОЧУ В РОССИИ...

И в следующий раз я жить хочу в России.

Но будет век другой и времена другие,

Париж увижу я, смогу увидеть Рим

И к невским берегам вернуться дорогим.

Тогда я перечту стихи того поэта,

Что был когда-то мной, но не поверю в это,

Скажу: мне жаль его, он мир не повидал.

Какие б он стихи о Риме написал!

И новые друзья со мною будут рядом.

И, странно, иногда, испытывая взглядом

Их, что-то буду в них забытое искать,

Но сдамся, не найду, рукой махну опять.

下一次我想生活在俄罗斯[①]

下一次我想生活在俄罗斯。
但时代会变,时间会变,
我会看到巴黎,看到罗马,
也会返回故乡涅瓦河边。

我那时就读一位诗人,
他就是我,但我不确信,
我会说:可惜他没看到世界。
他为罗马写下多好的诗句!

我身边会有新的友人。
奇怪,每当看到他们,
我会在他们身上寻找遗忘,
找不到,就耸耸肩膀。

[①] 当年我不被允许出国,还被剔除出作家名单。我第一次出国前往"资本主义"国家是在1987年(就是在那里,我与布罗茨基分手15年后再次相见)。——作者注

А та, кого любить мне в будущем придется...

Но нет, но дважды нам такое не дается.

Счастливей будешь там, не спорь, не прекословь...

Ах, если выбирать, я выбрал бы любовь.

1981

而我将来会爱上的姑娘

不，我们不会有两次好运。

你会更加幸福，别争辩

唉，如能选择，我选择爱情。

1981年

И ЕСЛИ СПИШЬ НА ЧИСТОЙ ПРОСТЫНЕ...

И если спишь на чистой простыне,

И если свеж и тверд пододеяльник,

И если спишь, и если в тишине

И в темноте, и сам себе начальник,

И если ночь, как сказано, нежна,

И если спишь, и если дверь входную

Закрыл на ключ, и если не слышна

Чужая речь, и музыка ночную

Не соблазняет счастьем тишину,

И не срывают с криком одеяло,

И если спишь, и если к полотну

Припав щекой, с подтеками крахмала,

С крахмальной складкой, вдавленной в висок,

Под утюгом так высохла, на солнце?

И если пальцев белый табунок

На простыне доверчиво пасется,

И не трясут за теплое плечо,

如果你睡着清洁的床单

如果你睡着清洁的床单,

如果新被套浆得很硬,

如果你睡着,如果寂静,

如果黑暗,你能自己做主,

如果黑夜真的很温柔,

如果你睡着,如果房门

上了锁,如果听不见

别人说话,如果音乐

没用幸福引诱夜的寂静,

人们没有尖叫着揭开被子,

如果你睡着,如果腮帮

贴着枕头,淀粉的瘀斑,

浆过的皱褶被枕在鬓角,

在熨烫下枯萎,像被晒蔫?

如果在床单上信赖地

放牧白色的指头,

无人因温暖的肩膀颤抖,

Не подступают с окриком и лаем,

И если спишь, чего тебе еще?

Чего еще? Мы большего не знаем.

1981

无人尖叫着走近,

如果你睡着,你还有何求?

还有何求?我们不知还有更多。

        1981年

И ХОТЕЛ БЫ Я МАЛЕНЬКОЙ ЗНАТЬ ТЕБЯ С ПЕРВОГО ДНЯ...

И хотел бы я маленькой знать тебя с первого дня,

И когда ты болела, подушку взбивать, отходить

От постели на цыпочках... я ли тебе не родня?

Братья? Сорок их тысяч я мог бы один заменить.

Ах, какая печаль — этот пасмурный северный пляж!

Наше детство — пустыня, так медленно тянутся дни.

Дай мне мяч, всё равно его завтра забросишь, отдашь.

Я его сохраню — только руку с мячом протяни.

В детстве так удивительно чувствуют холод и жар.

То знобит, то трясет, нас на все застегнули крючки.

Жизнь — какой это взрослый, таинственный, чудный кошмар!

Как на снимках круглы у детей и огромны зрачки!

我第一天就想知道幼小的你

我第一天就想知道幼小的你,
你那天病了,我拍松枕头,踮着脚
离开床铺……我是你的亲戚?
兄弟?我可用四万个兄弟[①]换你。

唉,多么忧伤,这阴霾的北方浴场!
我们的童年是荒漠,度日如年。
把球给我,你明天反正会扔掉它。
我要保护它,递过你持球的手。

童年时对冷热有无比神奇的感受。
时而寒冷时而颤抖,我们被紧裹。
生活,就是成熟、神秘、神奇的噩梦!
像照片上孩子们又大又圆的瞳孔!

---

① 哈姆雷特在安葬奥菲莉娅的时候痛苦地说道:"四万个兄弟的爱合起来,还抵不过我对她的爱。"——译注

Я хотел бы отцом тебе быть: отложной воротник

И по локти закатаны глаженые рукава,

И сестрой, и тем мальчиком, лезущим в пляжный тростник,

Плечи видно еще, и уже не видна голова.

И хотел бы сквозить я, как эта провисшая сеть,

И сверкать, растекаясь, как эти лучи на воде,

И хотел бы еще, умерев, я возможность иметь

Обменяться с тобой впечатленьем о новой беде.

1982

我想做你的父亲:翻开的衣领,
熨平的衣袖挽到胳膊肘,
像姐妹,像爬进海边芦苇丛的男孩,
能看到肩膀,却看不见头。

我想透光,像这悬垂的蛛网,
我想闪亮、流淌,像这水中的光,
我还想在死去的时候,
与你交换对这场新灾难的印象。

1982年

ЭТА ТЕНЬ ТАК ПРЕКРАСНА САМА ПО СЕБЕ ПОД КУСТОМ...

Эта тень так прекрасна сама по себе под кустом
Волоокой сирени, что большего счастья не надо:
Куст высок, и на столик ложится пятно за пятном,
Ах, какая пятнистая, в мелких заплатах, прохлада!

Круглый мраморный столик не лед ли сумел расколоть,
И как будто изглодана зимнею стужей окружность.
Эта тень так прекрасна сама по себе, что господь
Устранился бы, верно, свою ощущая ненужность.

Боже мой, разве общий какой-нибудь замысел здесь
Представим — эта тень так привольно и сладостно дышит,
И свежа, и случайность, что столик накрыт ею весь,
Как попоной, и ветер сдвигает ее и колышет.

А когда, раскачавшись, совсем ее сдернет, — глаза
Мы зажмурим на миг от июньского жесткого света.

圆眼睛的丁香投下至美的暗影

圆眼睛的丁香投下至美的暗影,
人们不需把更多的幸福渴望:
高高的花丛,小桌上花影斑斓,
啊,多么斑斓稀疏的清凉!

圆圆的大理石小桌似能破冰,
四周完全沉入冬日的寒意。
盛开的丁香投下至美的暗影,
上帝如此安排,他感觉自己多余。

上帝啊,我们竟能提出普世的创意,
这暗影正在自由甜蜜地呼吸,
新鲜的偶然像台布覆盖小桌,
风吹得它轻轻地飘起。

当风彻底吹走这张台布,
我们因六月的光把眼睛眯起。

Потому и трудны наши дни, и в саду голоса

Так слышны, и светло, и никем не задумано это.

1982

因此我们时日艰难,花园里

明亮嘈杂,无人能有这样的创意。

        1982年

ТАРЕЛКУ МЫЛ ПОД БЫСТРОЮ СТРУЕЙ...

Тарелку мыл под быстрою струей

И всё отмыть с нее хотел цветочек,

Приняв его за крошку, за сырой

Клочок еды, — одной из проволочек

В ряду заминок эта тень была

Рассеянности, жизнь одолевавшей...

Смыть, смыть, стереть, добраться до бела,

До сути, нам сквозь сумрак просиявшей.

Но выяснилось: желто-голубой

Цветочек неделим и несмываем.

Ты ж просто недоволен сам собой,

Поэтому и мгла стоит за краем

Тоски, за срезом дней, за ободком,

Под пальцами приподнято-волнистым...

我用水流冲洗盘子

我用水流冲洗盘子,

总想洗去盘上的小花,

我以为那是食物的残渣,

这暗影像个障碍,

阻挡了生活的进程……

洗呀洗,洗到发白,

洗到透过昏暗看到实质。

可是结果,这朵

黄蓝色的小花根深蒂固。

你只是不满意自己,

因此黑暗才躲进忧伤,

躲进时间的切口和框架,

躲进波浪般涌起的手指……

Поэзия, следи за пустяком,

Сперва за пустяком, потом за смыслом.

1982

诗歌啊,请你跟随琐事,

先跟随琐事,再接近意义。

       1982年

СМЫСЛ ЖИЗНИ — В ЖИЗНИ, В НЕЙ САМОЙ...

Смысл жизни — в жизни, в ней самой.

В листве, с ее подвижной тьмой,

Что нашей смуте неподвластна,

В волненье, в пенье за стеной.

Но это в юности неясно.

Лет двадцать пять должно пройти.

Душа, цепляясь по пути

За всё, что высилось и висло,

Цвело и никло, дорасти

Сумеет, нехотя, до смысла.

1984

生命的意义就在于生命

生命的意义就在于生命。
在于树叶,生命变幻的黑暗,
不受我们的不安左右,
在于激动,在于隔墙的歌唱,
可年轻时我们不懂。

二十五年已经过去。
灵魂在半路绊倒,
因为耸立、悬挂的一切,
因为盛开、低垂的一切,
勉强成长为意义。

1984年

УВИДЕТЬ ТО, ЧЕГО НЕ ВИДЕЛ НИКОГДА...

Увидеть то, чего не видел никогда, —

Креветок, например, на топком мелководье.

Ты, жизнь, полна чудес, как мелкая вода,

Жирны твои пески, густы твои угодья.

От гибких этих тел, похожих на письмо

Китайское, в шипах и прутиках, есть прок ли?

Не стоит унывать. Проходит всё само.

Креветка, странный знак, почти что иероглиф.

Какие-то усы, как удочки; клешни,

Как веточки; бог весть, что делать с этим хламом!

Не стоит унывать. Забудь, рукой махни.

И жизнь не придает значенья нашим драмам.

Ей, плещущейся, ей, текущей через край,

Так весело рачков качать на скользком ложе,

见到从未见到的东西

见到从未见到的东西,
比如沼泽水洼里的虾米。
生命啊,你像水洼充满奇迹,
你的沙土肥沃,你的林地茂密。

这灵活的躯体像中文的书写,
它们的细腿长须都有意义?
不值得沮丧。一切都会过去。
汉字般的虾米是奇特的标识。

虾须像钓线;虾螯像树枝;
无人知道如何使用这些废物!
不值得沮丧。摆摆手忘记。
生命不为我们的演剧添加意义。

水波荡漾,水在流动,
光滑的摇篮欢乐地摇晃虾米,

И мало ли, что ты не веришь в вечный май:
Креветок до сих пор ведь ты не видел тоже!

Как цепкий Ци Бай-ши с железной бородой
В ползучих завитках, как проволока грубой,
Стоять бы целый день над мелкою водой,
Готовой, как беда, совсем сойти на убыль.

1985

你还不相信永恒的五月:
你也至今没见过虾米!

像敏锐的画家齐白石,
他灰白的胡须卷成乱麻,
他整天站在浅水边,
水如灾难准备走向虚妄。

      1985年

НЕ ТАК ЛИ МЫ СТИХОВ НЕ ЧУВСТВУЕМ ПОРОЙ...

Не так ли мы стихов не чувствуем порой,

Как запаха цветов не чувствуем? Сознанье

Притуплено у нас полдневною жарой,

Заботами... Мы спим... В нас дремлет обонянье...

Мы бодрствуем... Увы, оно заслонено

То спешкой деловой, то новостью, то зреньем.

Нам прозу подавай: всё просто в ней, умно,

Лишь скована душа каким-то сожаленьем.

Но вдруг... как будто в сад распахнуто окно, —

А это Бог вошел к нам со стихотвореньем!

1987

我们时常感觉不到诗句

我们时常感觉不到诗句,
像感觉不到花的芳香?
日常的操心迟钝我们的意识……
我们睡觉……嗅觉在打盹……
我们醒着……唉,遮蔽意识的
是奔波,是新闻,是视觉。
我们面临散文:简单,聪明,
只是心灵因为遗憾有些僵硬。
可是突然……像窗子敞向花园,
上帝带着一首诗走向我们!

1987年

МНЕ ВЕСЕЛО: ТЫ ПЛАТЬЕ ПРИМЕРЯЕШЬ...

Мне весело: ты платье примеряешь,

Примериваешь, в скользкое — ныряешь,

В блестящее — уходишь с головой.

Ты тонешь, западаешь в нем, как клавиш,

Томишь, тебя мгновенье нет со мной.

Потерянно смотрю я, сиротливо.

Ты ласточкой летишь в него с обрыва.

Легко воспеть закат или зарю,

Никто в стихах не трогал это диво:

«Мне нравится», — я твердо говорю.

И вырез на спине, и эти складки.

Ты в зеркале, ты трудные загадки

Решаешь, мне не ясные. Но вот

我很开心：你在试裙子

我很开心：你在试裙子，
你试着，钻进光滑，
脑袋隐入闪亮的衣裙。
你沉没，像键盘的按键，
我瞬间失去了你。

我孤儿般慌乱张望。
你像燕子自悬崖飞入裙装。
夕阳或朝霞极易入诗，
却无人在诗中像我，
坚定地道出"我喜欢"。

后背开口，这些皱褶。
你照镜子，你在猜谜，
猜我不明白的谜语。

Со дна его всплываешь: всё в порядке.

Смотрю: оно, как жизнь, тебе идет.

1987

可你蓦然浮出：一切如故。

我一看：裙子像生活一样合身。

       1987年

ТАМ, ГДЕ ВЕСНА, ВЕСНА, ВСЕГДА ВЕСНА, ГДЕ СКЛОН...

Там, где весна, весна, всегда весна, где склон

Покат, и ласков куст, и черных нет наветов,

Какую премию мне Аполлон

Присудит, вымышленный бог поэтов!

А ствол у тополя густой листвой оброс,

Весь, снизу доверху, — клубится, львиногривый.

За то, что ракурс свой я в этот мир принес

И не похожие ни на кого мотивы.

За то, что в век идей, гулявших по земле,

Как хищники во мраке,

Я скатерть белую прославил на столе

С узором призрачным, как водяные знаки.

Поэт для критиков что мальчик для битья.

Но не плясал под их я дудку.

在春天永恒、永恒春天的地方

在春天永恒、永恒春天的地方,
斜坡倾斜,灌木温存,没有黑色诽谤,
阿波罗,虚构的诗人之神,
会给我颁发一个奖项!

杨树旁一株浓密的树干被抛弃,
它从下到上枝叶婆娑。
我带给这世界自己的视点,
带来不同于任何人的主题。

在思想像黑暗中的猛兽
漫游于大地的世纪,
我赞美餐桌洁白的台布,
它透明的花边就像水印。

诗人面对批评家像孩子面临挨揍。
可我不会受他们左右。

За то, что этих строк в душе стесняюсь я,
И откажусь от них, и превращу их в шутку.

За то, что музыку, как воду в решето,
Я набирал для тех, кто так же на отшибе
Жил, за уступчивость и так, за низачто,
За je vous aime, ich liebe.

1996

我内心因这些诗句而害羞,

我拒绝它们,将它们变成笑话。

音乐像流过筛子的水,

我为孤独生活的人筛音乐,

我活着,为了谦让,不为什么,

为了je vous aime①, ich liebe②。

1996年

---

① 法语:我爱您。——译注

② 德语:我爱。——译注

ПАМЯТИ И. БРОДСКОГО[1]

Я смотрел на поэта и думал: счастье,
Что он пишет стихи, а не правит Римом,
Потому что и то и другое властью
Называется, и под его нажимом
Мы б и года не прожили — всех бы в строфы
Заключил он железные, с анжамбманом
Жизни в сторону славы и катастрофы,
И, тиранам грозя, он и был тираном,
А уж мне б головы не сносить подавно
За лирический дар и любовь к предметам,
Безразличным успехам его державным
И согретым решительно-мягким светом.

А в стихах его власть, с ястребиным криком
И презреньем к двуногим, ревнуя к звездам,

---

[1] Стихотворение было написано вскоре после смерти Бродского.

悼布罗茨基[1]

我看着诗人在想:真幸运,
他写诗而非统治罗马,
这两者都被称作权力,
在他的统治下我们
活不过一年,他会把众人
关进铁一般的诗句,
生命向荣光和灾难移行,
他向独裁示威,他也是独裁,
我也注定难逃厄运,
因为抒情的天赋,因为爱,
爱对象,爱无足轻重的成就,
用他强大柔和的光芒。

他诗的权力发出鹰唳,
鄙视凡人,冲向星空,

---

[1] 此诗写于布罗茨基去世后不久。——作者注

Забиралась мне в сердце счастливым мигом,

Недоступным Калигулам или Грозным,

Ослепляла меня, поднимая выше

Облаков, до которых и сам охотник,

Я просил его все-таки: тише! тише!

Мою комнату, кресло и подлокотник

Отдавай, — и любил меня, и тиранил:

Мне-то нравятся ласточки с голубою

Тканью в ножницах, быстро стригущих дальний

Край небес. Целовал меня: Бог с тобою!

1996

把幸福的瞬间投进我的心，

像罗马皇帝和伊凡雷帝，

越飞越高，让我目眩，

猎人自己也上了云端，

我一直在求他：小心！小心！

还我房间、椅子和扶手，

他爱过我，压迫过我：

我却喜欢燕子和剪刀下的蓝布，

剪刀急速剪裁天边。

他吻了我：上帝与你同在！

1996年

ВЕРЮ Я В БОГА ИЛИ НЕ ВЕРЮ В БОГА...

Верю я в Бога или не верю в бога,
Знает об этом вырицкая дорога,
Знает об этом ночная волна в Крыму,
Был я открыт или был я закрыт ему.

А с прописной я пишу или строчной буквы
Имя его, если бы спохватились вдруг вы,
Вам это важно, Ему это все равно.
Знает звезда, залетающая в окно.

Книга раскрытая знает, журнальный столик.
Не огорчайся, дружок, не грусти, соколик.
Кое-что произошло за пять тысяч лет.
Поизносился вопрос, и поблёк ответ.

我是否信仰上帝

我是否信仰上帝,
维里察①的道路明白,
克里米亚夜间的海浪明白,
我对上帝是封闭还是敞开。

我写他的名字用大写还是小写,
如果你们突然想起,
你们看重,他却无所谓。
飞进窗户的星星明白。

打开的书明白,茶几明白。
你别伤心,我的朋友。
五千年间发生过很多事情。
问题衰老了,答案枯萎。

---

① 维里察是彼得堡郊外的别墅区,我常在那里度夏。——作者注

И вообще это частное дело, точно.

И не стоячей воде, а воде проточной

Душу бы я уподобил: бежит вода,

Нет, — говорит в тени, а на солнце — да!

1998

这的确全是私事。
我把心灵比作活水,
流动的水在暗处说"不",
在阳光下说"是"!

      1998年

ТАК БЫСТРО ВЕТЕР ПЕРЕЛИСТЫВАЕТ...

Так быстро ветер перелистывает
Роман, лежащий на окне,
Как будто фабулу неистовую
Пересказать мечтает мне,
Так быстро, ветрено, мечтательно,
Такая нега, благодать,
Что и читать необязательно,
Достаточно перелистать.

Ну вот, счастливое мгновение,
И без стараний, без труда!
Все говорят, что скоро чтение
Уйдет из мира навсегда,
Что дети будут так воспитаны, —
Исчезнут вымыслы и сны...

风儿飞快地翻阅

风儿飞快地翻阅
窗台上的小说,
似乎想向我转述
那狂暴的情节,
幻想着飞快地翻阅,
充满愉悦和欢欣,
似乎无须阅读,
只需翻阅即可。

瞧,这幸福的瞬间,
没有沉重和劳苦!
每个人都在说,
阅读将永远离开世界,
受教育的孩子们
将失去创思和梦……

Но тополя у нас начитаны

И ветры в книги влюблены!

1999

可我们的杨树却在阅读,

连风儿也爱读书!

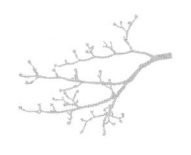

       1999年

СЕГОДНЯ СТРАННО МЫ УТЕШЕНЫ...

Сегодня странно мы утешены:
Среди февральской тишины
Стволы древесные заснежены
С одной волшебной стороны.

С одной — все, все, без исключения.
Как будто в этой стороне
Чему-то придают значение,
Что нам понятно не вполне.

Но мы, влиянию подвержены,
Глядим, чуть-чуть удивлены,
Так хорошо они заснежены
С одной волшебной стороны.

Гадаем: с южной или западной?
Без солнца не определить.

今天我们神奇地宽慰

今天我们神奇地宽慰,

在二月的寂静,

树干落满了雪,

一个神奇的侧面。

一个侧面,没有例外。

似乎这个侧面

隐含着什么意义,

我们并不完全清楚。

但我们受到影响,

看着看着便有些惊喜,

树干落满了雪多美,

一个神奇的侧面。

我们猜想:南面还是西面?

没有阳光很难确定。

День не морозный и не слякотный,

Во сне такой и должен быть.

Но мы не спим, — в полузабвении

По снежной улице идем

С тобой в волшебном направлении,

Как будто, правда, спим вдвоем.

2001

这一天不冷也不泥泞,
像是梦中的时辰。

可我们没睡觉,我们
惺忪地走过积雪的街道,
与你走向神奇的方向,
我们似乎真的在一起睡觉。

2001年

ПЕРВЫМ УЗНАЛ ОДИССЕЯ ОХОТНИЧИЙ ПЁС...

Первым узнал Одиссея охотничий пёс,

А не жена и не сын. Приласкайте собаку.

Жизнь — это радость, при том что без горя и слез

Жизнь не обходится, к смерти склоняясь и мраку.

Жизнь — это море, с его белогривой волной,

Жизнь — это дом, где в шкафу размещаются книги,

Жизнь — это жизнь, назови ее лучше женой.

Смерть — это кем-то обобранный куст ежевики.

Кроме колючек, рассчитывать не на что, весь

Будешь исколот, поэтому лучше смириться

С исчезновеньем. В дремучие дебри не лезь

И метафизику: нечем нам в ней поживиться.

2006

猎狗最先认出奥德修斯

猎狗最先认出奥德修斯[1],
而非他的妻儿。要善待狗。
生活俯身面向死亡和黑暗,
它是欢乐,也有眼泪和痛苦。

生活是大海及其白色的波浪,
生活是书橱里有书的房屋,
生活是最好的妻子。
死亡是被摘光果实的灌木。

除了尖刺什么也没有,
你会遍体鳞伤,最好与丧失讲和。
不必钻进昏睡的密林和玄秘,
在那里我们无利可图。

2006年

---

[1] 在荷马史诗《奥德赛》中,在异乡征战、漂泊多年的奥德修斯装扮成乞丐返回故乡伊萨卡,最先认出他的是他的猎狗。——译注

Я СВЕТ НА ВЕРАНДЕ ЗАЖГУ...

Я свет на веранде зажгу,

И виден я издали буду,

Как ворон на голом суку,

Как в море маяк — отовсюду.

Тогда и узнаю, тогда

Постигну по полной программе,

Что чувствует ночью звезда,

Когда разгорится над нами.

Чуть-чуть жутковато в таком

Себя ощутить положенье.

Сказал, что звездой, маяком,

А втайне боюсь, что мишенью.

Вот ночь запустила уже

В меня золотым насекомым,

我点亮露台的灯

我点亮露台的灯,
我能被远远地看见,
就像枯枝上的乌鸦,
就像海中的灯塔。

这时我才明白,
这时我才充分领悟,
我们头顶的那颗星,
夜晚会有怎样的感受。

处于这样的位置,
真的有点不大舒服。
我说我像星星,像灯塔,
内心却害怕成为靶心。

夜色已向我袭来,
像只金色的昆虫,

И я восхищаюсь в душе

Обличьем его незнакомым.

А птицы из леса глядят,

А с дальней дороги — прохожий,

А сердцем еще один взгляд

Я чувствую; разумом тоже.

2007

我在心底赞叹

它那陌生的面容。

群鸟在林间张望,

一个路人在远处张望,

我的心还感觉到一道视线,

我的理智也一样。

2007年

КОГДА Б НЕ СМЕРТЬ, ТО УМЕРЛИ Б СТИХИ...

Когда б не смерть, то умерли б стихи,

На кладбище бы мы их проводили,

Холодный прах, подобие трухи,

Словесный сор, скопленье лишней пыли,

В них не было б печали никакой,

Сплошная болтовня и мельтешенье.

Без них бы обошлись мы, боже мой:

Нет смерти — и не надо утешенья.

Когда б не смерть — искусство ни к чему.

В раю его и нет, я полагаю.

Искусство заговаривает тьму,

Идет над самой пропастью, по краю,

И кто бы стал мгновеньем дорожить,

Не веря в предстоящую разлуку,

没有死亡,诗就会死去

没有死亡,诗就会死去,

我们会送诗句去墓地,

冰冷的遗骸像草屑,

多余的积尘,词语的垃圾,

其中没有任何悲伤,

满篇的废话和幻影。

上帝啊,没有诗我们也能行:

没有死亡,就不要慰藉。

没有死亡,艺术就无意义。

我想天堂里没有艺术。

艺术喜爱与黑暗交流,

在深渊的边缘行走,

人若珍重某个瞬间,

便不相信还会有分离,

Твердить строку, листочек теребить,

Сжимать в руке протянутую руку?

2010

吟诵诗行，翻动诗页，

一只手向另一只手伸去？

2010年

Я ЛЮБЛЮ ТИРАНИЮ РИФМЫ — ОНА ДОБИТЬСЯ...

Я люблю тиранию рифмы — она добиться
Заставляет внезапного смысла и совершенства,
И воистину райская вдруг залетает птица,
И оказывается, есть на земле блаженство.

Как несчастен без этого был бы я принужденья,
Без преграды, препятствия и дорогой подсказки,
И не знал бы, чего не хватает мне: утешенья?
Удивленья? Смятенья? Негаданной встречи? Встряски?

Это русский язык с его гулкими падежами,
Суффиксами и легкой побежкою ударений,
Но не будем вдаваться в подробности; между нами,
Дар есть дар, только дар, а язык наш придумал гений.

2011

我喜爱韵脚的专制

我喜爱韵脚的专制,
它能强迫出灵感和完美,
天堂的鸟的确会突然飞落,
原来人间也有幸福。

离开这些障碍和宝贵的暗示,
我会多么地不幸,
我不知缺少什么:慰藉?
惊讶和慌乱?奇遇和刺激?

这充满变化的俄语,
各种后缀,重音的小跑,
但我们不会陷入琐碎;天赋,
就是天赋,我们的语言由天才创造。

2011年

НЕ ЖАЛЕЮ О ТОМ, ЧТО Я ЖИЛ ПРИ СОВЕТСКОЙ ВЛАСТИ...

Не жалею о том, что я жил при советской власти,

Потому что я прожил две жизни, а не одну,

И свободою тайной был счастлив, и это счастье

Не в длину простиралось, а исподволь, в глубину.

Было горестно, больно, но не было одиноко.

Понимал с полуслова, кто друг мне, а кто чужой.

И последнее стихотворенье больного Блока,

Пусть не лучшее, Пушкину верило всей душой.

И воистину в сумрак февральский, в слепую вьюгу,

А январская лютая власть к той поре прошла,

我不遗憾我曾生活在苏维埃时代

我不遗憾我曾生活在苏维埃时代,
两种不同的生活我因此拥有,
我曾为隐秘的自由而幸福,
这幸福的规模是深度而非长度。

有过苦涩和痛苦,但并不孤独。
只言片语,便认出外人和朋友。
病中的勃洛克留下最后一首诗,
那是忠于普希金的自由①。

的确,疯狂的一月暴政
已步入二月的昏暗和风雪②,

---

① 在勃洛克的最后一首诗《致普希金之家》中有这么一行:"普希金!我追随你歌唱隐秘的自由。"——作者注
② "一月"和"二月"对比,指苏维埃政权由"严寒"向赫鲁晓夫的"解冻"之过渡,我的青春时代恰逢解冻时期。——作者注

Мне как будто сквозь сумрак протягивал кто-то руку,

И вставала заря, и сирень впереди цвела.

И сирень зацвела, и воистину солнце встало,

Обновленною жизнью задарен я был второй,

И увидел Париж, и не то чтобы зла не стало,

Просто облик его — слепок с пошлости мировой.

А потом обступило нас третье тысячелетье,

Что-то в нем не заладилось, словно огонь потух.

Мне бы радоваться: это жизнь мне досталась третья!

Кто сказал, что она быть должна лучше первых двух?

2014

有人越过昏暗向我伸出手,
朝霞升起,丁香提前盛开。

丁香盛开,太阳真的升起,
我获得第二次崭新的生命,
我看见巴黎,恶依然存在,
不过已成为世界庸俗的假面。

然后第三个千年包围我们,
它开始得不顺,像是火的熄灭。
我高兴我有了第三次生命!
谁说它就应该比前两次更好?

2014年

САД

Может быть, кажется этим дубам и кленам,

Липам и вязам, что люди им только снятся:

Свойственно людям во мраке тонуть зеленом,

Под шелестящей завесой уединяться

Или, присев на скамейку на солнцепёке,

Щеки лучам подставлять после зимней стужи.

Любят они и кустарник ветвисторогий,

Даже задумавшись, ловко обходят лужи,

К ним привыкаешь, в аллеях они гуляют

Десять лет, двадцать, им нравится блеск и тени,

Но непременно куда-то вдруг пропадают,

Были — и нет, наподобие сновидений.

2014

花园

也许,这些橡树和槭树,
椴树和榆树,老是梦见人:
人们爱沉入深色的绿波,
躲进窃窃私语的幕帘,
或坐在长椅上晒太阳,
在寒冬后把脸庞递给光线。
他们也喜欢规整的灌木,
甚至犹豫,灵活地绕过水坑,
你会看惯他们,他们在小径散步,
十年,二十年,喜欢光和暗影,
但他们一准会突然消失,
他们存在过,就像梦境。

2014年

图书在版编目(CIP)数据

库什涅尔的诗：汉、俄/(俄罗斯)库什涅尔著；刘文飞译.—北京：商务印书馆，2023
ISBN 978-7-100-21317-2

Ⅰ.①库… Ⅱ.①库…②刘… Ⅲ.①诗集－俄罗斯－现代 Ⅳ.①I512.25

中国版本图书馆CIP数据核字（2022）第107568号

权利保留，侵权必究。

库什涅尔的诗
〔俄〕库什涅尔 著
刘文飞 译

商 务 印 书 馆 出 版
（北京王府井大街36号 邮政编码100710）
商 务 印 书 馆 发 行
山东临沂新华印刷物流集团
有 限 责 任 公 司 印 制
ISBN 978-7-100-21317-2

2023年4月第1版	开本 787×1092 1/32
2023年4月第1次印刷	印张 6⅝ 插页 2

定价：48.00元

俄语诗人丛书

第一辑

普希金的诗

莱蒙托夫的诗

阿赫马托娃的诗

茨维塔耶娃的诗

帕斯捷尔纳克的诗

叶夫图申科的诗

库什涅尔的诗

第二辑

曼德尔施塔姆的诗

丘特切夫的诗

涅克拉索夫的诗

勃洛克的诗

马雅可夫斯基的诗

叶赛宁的诗

布罗茨基的诗

扎鲍洛斯基的诗